나는
서른
에른

나는 서른 어른

초판 1쇄 발행 ㅣ 2015년 4월 30일

지은이 ㅣ 정미예
펴낸이 ㅣ 공상숙
펴낸곳 ㅣ 마음세상

일러스트 ㅣ 고은남
캘리그라피 ㅣ 마음세상 디자인

주소 ㅣ 경기도 파주시 한빛로 70 507-204

신고번호 ㅣ 제406-2011-000024호    신고일자 ㅣ 2011년 3월 7일

ISBN ㅣ 979-11-5636-051-3 (03810)

문의 및 원고 투고 ㅣ maumsesang@naver.com
                    maumsesang@nate.com
홈페이지 ㅣ http://maumsesang.blog.me
까페 ㅣ http://cafe.naver.com/msesang

* 값 12,500원

국립중앙도서관 출판예정도서목록(CIP)

나는 서른 어른 / 지은이: 정미예. – 파주 : 마음세상, 2015
   p. ;   cm

ISBN 979-11-5636-051-3 03810 : ₩12500

수기(글)[手記]

818-KDC6
895.785-DDC23          CIP2015009732

나는
서른
어른

정미예 지음

마음세상

느린 것을 두려워하지 말고
멈춰 있는 것을 두려워 하라

# 어른이다

이 책은 특히 2, 30대 청춘들이 읽으면 진로의 탐색 부분에서 공감이 많이 될 내용이다. 여러분은 혹시 20대와 30대는 서로 연관이 없는 나이라고 여겨질 수도 있겠고 아니면 나이 차이가 많이 나는데 과연 공감이 될 지 의아할 수도 있다. 그래서 그 이유를 설명하고자 한다.

나는 서른의 진입로에서 대학교에서 상담 교사로 일하며 20대의 청춘 새내기들을 많이 만나보게 될 기회가 있었다. 내가 20대 청춘들에게 진로나 인생 상담을 할 수 있었던 것은 내가 뛰어나서가 아니라 20대의 새내기들보다는 조금이나마 세상 살기가 익숙하기에 가능했던 일이다. 20대 초반에는 주어진 상황이 견뎌내기가 힘이 들어 내 자신을 미래로 보내서 즐거운 미래를 상상하곤 했었다. 즉, 우울한 현실을 '미래 감성'으로 극복하고자 했다.

이 책의 내용은 서른의 내가 20대였던 나를 만나며 성찰했던 내용들, 20대였던 나에게 했던 말들, 그리고 지금 나에게 하는 말들이다. 20대의 청춘들을 만나면서 그들의 고민을 접할 때 나의 20대를 돌이켜보고 그 시절의 느낌과 감성으로 공감하려고 노력했기에 나의 지난날도 되돌아보는 계기가 되었다.

다시 말하면 이 책의 내용 중에 20대 청춘들에게 하는 말은 내가 20대 시절 나 스스로에게 했던 말들과 의지의 표현이고, 서른에게 하는 말들은 지금 나에게 해주는 말들이다.

나는 상담교사로 일하면서 20대의 학생들과 눈높이를 맞추기 위해서 노력해왔다. 가끔 상담을 하다보면 대학 생활에 무기력함을 느끼고 우울한 경우가 종종 있다. 문제점을 파고들어가 보면 가정사의 문제이거나 너무도 아팠던 청소년기가 지금의 삶까지도 영향력을 발휘하고 있다. 나 또한 그랬었기에 내 이야기를 들려주면서 20대와 함께 공감하고 같이 힘내자고 응원하고자 한다. 20대는 세상을 아파만 하기에는 아까운 시절이다. 20대는 충분히 아픔을 극복할 수 있는 힘을 갖는 나이라는 것을 강조하고 싶다.

20대 청춘들과 소통하면서 고민을 함께 나누고 공감을 얻는데는 내 이야기를 사례로 들려주는 것이 효과적이었다. 따라서 더 많은 청춘들과 나눠 보고자 이 책을 쓰기 시작했다. 나의 20대는 참으로 아파서 나태하고 무기력했다. 무기력에 지쳐 뭔가 해봐야겠다고 생각할 때조차도 무엇을 해야 할 지 몰라서 고민해야 했다.

이 책을 읽어보면 내가 무기력과 나태함을 어떻게 극복해 냈고 해야 할 일을 어떻게 찾아내고 발견했는지 알 수 있을 것이다.

요즘 우리 청춘은 많이 아프다. 물론 청춘들뿐만 아니라 이 시대를 살아가는 모든 이들이 힘들어하고 있다.

"예전에는 사는 것이 고생스러워도 살아가는 게 참 재미있었는데."

심지어 일제시대와 한국전쟁을 겪은 우리 할머니도, 먹을 것이 귀했다던 6, 70년대를 살아온 우리 어머니도 요즘 세상이 더 살기에 힘든다고 한다.

그럼 요즘 사람들은 왜 이렇게 힘들고 아파하는 것일까? 나는 이 문제에 대해서 사람들과 함께 고민하고 지혜롭게 살아가고 싶다. 나는 내 삶을 공유하고 해결책 또한 모색해서 지혜로운 30대를 맞이하고 싶다. 우리가 더 이상 아프지 않고 행복해져야 다음 세대들에게 이 세상은 참으로 살기에 재미있다고 말해줄 수 있을 것이다.

마지막으로 이 책을 나의 동기들과 함께 나눌 수 있게 도와준 '마음세상' 출판사 관계자 여러분께 진심으로 감사의 말씀을 전한다. 독자 여러분들의 마음속에도 마음 세상이 넓어지시기를 바라며 들어가는 글을 마친다.

제2장
20대, 방황하지 말 것

# 제1장

## 미래 감성으로
## 우울한 현실을 극복하라

# 힘들 때는 나를
# 미래로 보낸다

**나는** 충청남도에 있는 한 대학의 관광중국어과를 졸업했다. 전문대에 지방대다. 20세가 되던 해, 나는 대학에 진학할 마음이 전혀 없었다. 정말 얼떨결에 들어간 학교였다. 학창시절 우리 집 상황을 간략하게 말하자면 내가 중학교 2학년 때 90억 부도로 빚더미에 올랐고, 부모님은 야반도주를 하셔서 생사 조차도 확인되지 않았다. 어쩌다 가끔 오는 엄마의 문자 메시지로 엄마가 무사한 것을 알고 안심할 뿐이었다. 그 당시 엄마는 문자 메시지 보내는 것에 상당히 서투르셨다.

"괜찮아. 엄마 잘 있어."

"어린동생과 할머니 잘 챙겨 미안 해."

맞춤법을 틀려가면서 간신히 보내온 문자에 엄마임을 느끼며 그동안 참아왔던 감정을 오열로 폭발하고는 했다.

아버지는 건축업과 금융업을 같이 운영하셨는데 뭔가 잘못되어도 크게 잘못된 모양이었다. 어릴 적에 살던 집은 180평 정원이 딸린 주택이었다. 그 집으로 하루가 멀다 하고 빚쟁이들이 찾아왔다. 정말 텔레비전 속의 드라마나 영화에서만 보던 일들이 실제로 일어났다. 아마 회사가 어려워지니까 사채도 쓰셨나 보다. 빚쟁이들은 내 동생과 나에게까지 전화로 협박하기도 하고 학교로 찾아오기도 했다.

정말 그때 먹은 욕이 너무 많기에 이젠 웬만한 욕은 들어도 참아 낼 강단이 생겼다. 전화로 욕을 듣는 것은 굉장한 스트레스다. 그 시기를 지나면서 모르는 사람들과 모르는 번호에 받았던 전화 욕설에 시달렸기에 나이를 먹은 후에는 저장된 번호가 아니면 전화를 아예 받지 않는다. 사실 한동안 전화벨 소리조차도 무서웠다. 내 동생도 그렇다고 한다. 또 부모님에게 맞아본 적도 없었던 나는 그 당시 처음 타인에게 맞기도 했다. 빚을 진다는 것은, 빚이 있다는 것은 정말 무서운 일이라는 걸 체감할 때 내 나이는 겨우 15세였다.

그 당시 집에는 병약한 할머니와 어린 남동생 그리고 나뿐이었다. 남겨진 우리 셋은 급하게 옷가지들만 챙겨서 작은 빌라로 이사했다. 보증금이 없어서 월세만 50만 원을 내는 집이었는데 그때부터 빈곤의 악순환이 시작되었다.

고등학교에 입학할 당시 나는 교복을 살 돈도 없었고 입학금도 없었다. 그런데 엄마 친구분께서 사정을 알고 20만 원을 주시며 교복을 사라고 하셨다. 너무 감사했지만 감사하다는 말 조차 하지 못했다. 그 것은 남에게 처음으로 받아본 돈이었기 때문이다. 여러 가지 감정이 나를 휘감았다. 돈을 막상 보니 돈 자체에 대한 기쁨이 들기도 하고 돈을 부모가 아닌 타인에게 받아야 하는 이 상황이 무척 낯설기도 했다. 그래서 어찌할 바를 몰랐으나 결국 받았다. 그때 나는 그 돈을 생활비로 썼고 학교에 미리 찾아가 선배들이 두고 간 교복을 입고 다녔다.

나는 나름 곱게 자랐는데 지금 생각해 보아도 생활력이 대단했다. 인문계 고등학교에 입학한 나는 학비와 급식비를 지원 받았다. 스스로 교무실에 찾아가 도움을 요청했다. 학비는 무료였고 급식비는 급식 통을 나르는 수고가 필요했다. 처음에는 비참하고 창피하다고 느꼈었다. 그러나 그때 나는 할머니와 동생을 위해 돈을 쓰고 나에게 들어가는 돈을 최소화하자고 결심했다. 그때 버스비는 800원 정도였는데 교통비를 아끼기 위해 자주 걸어다녔다. 수업이 끝나면 야자를 하지 않았다.

"선생님, 제 사정 다 아시잖아요."

이렇게 말을 하고서는 방과 후에 학교 근처 빌딩 식당가에 있는 분식점에서 아르바이트를 했다. 아르바이트 비는 시간당 800원이었다. 그 시절에는 요즘 아이들과는 다르게 최저 임금에 관련해서는 입 밖으로 소리도 못 냈었고, 아르바이트를 처음 해본 나로서는 임금에 대해서 잘 알지도 못했다. 다만 아르바이트 자리가 있다는 것에 감사해야 했다.

일할 때 몸이 고단할수록 마음은 편했다. 쓸데없는 슬픈 생각들을 피할 수 있었기 때문이다. 그때 일했던 곳의 사장님을 이모라고 불렀는데 아직도 연락한다. 이모님은 나를 기특하게 여겨주셨고 아르바이트가 끝날 때 자주 음식을 싸주시곤 했다. 간식이 궁할 당시 남동생에게 먹일 수 있는 음식이 생긴다는 게 눈물 날 만큼 고마웠고 동생이 잘 먹어서 일하는 것이 행복했다.

아르바이트를 할 때 K언니를 알게 되었다. 9남매라서 텔레비전에도 소개되었던 집이 있었는데 그 집 둘째 언니를 아르바이트를 하다가 만났다. 형편이 어려운 건 마찬가지고 언니도 본인 코가 석자일 텐데 그 당시 나를 많이 챙겨주고 용기도 북돋아주었다. 그때 언니의 부모님은 연로하신데 어린 동생들은 너무 많아서 쌀이 늘 부족하기 때문에 자기는 집에서는 절대로 밥을 먹지 않는다고 했다. 이 이야기를 들었을 때 나는 이 언니가 너무 대단해 보였다. 그리고 나 자신이 너무 부끄러웠다. 당시 먹을 것이 너무 부족해서 우리는 밥을 겨우 먹고 살았다. 달걀은 아주 귀했기에 늘 내 동생의 반찬이었다. 나는 그게 몹시 서운했었다. 그렇지만 나도 달걀이 먹고 싶다고 말하지 않았다. 그때 나는 몸무게가 38킬로그램이었고 허리는 18인치였다. 저절로 다이어트를 한 셈이기도하고 그 당시에는 달리 입맛도 없었다.

지금 생각해 보면 정말 배고픈 시절이었다. 이런 시절을 겪어봐서인지 직장에 들어간 후 나는 생활이 여유로워지자 폭식과 과식으로 인해 체중이 20킬로그램이나 늘어나기도 했다. 나에게 이런 가난한 날들이 닥쳐올 줄은 꿈에도 생각해보지 못했었기 때문이다.

가끔은 내가 어찌할 수 없는 최악의 상황도 찾아오곤 했다. 쌀도 끊겨 보고 전기와 수도도 끊겨 보았다. 쌀이 다 떨어졌을 때 어느 날은 할머니가 밖에서 밀가루를 주워 오셨다. 그런데 그 밀가루에는 구더기 같은 벌레들이 가득 들끓었다. 할머니는 벌레를 모두 손수 골라내시고 동생이 학교에서 돌아오자 수제비를 끓여 주셨는데 나는 그 벌레를 보고는 도저히 먹을 수가 없었다. 그때 나는 많이 어리고 연약했다.

K언니도 비록 힘겹게 공부하며 아르바이트까지 하면서 고등학교 시절을 보냈지만 그렇다고 해서 그 언니가 비참하거나 불행해 보이지는 않았다. 언니는 늘 밝았다. 언니는 졸업한 뒤 식당에 취업해서 돈을 모으면 가족이 할 수 있는 작은 식당을 차리는 것이 아주 소박한 꿈이라고 했다. 식당을 차리면 굶지는 않는다고 웃으며 말했다. 그리고 자기가 말한대로 열심히 살았다. 충분히 세상을 탓하고 부모를 탓하며 자괴감을 느낄 수 있는 나이인데도 오히려 삶을 극복하려는 자신의 모습을 스스로 자랑스러워 했다. 그 모습에 나도 모르게 용기가 생겼다. 힘들어만 하고 괴로워만 했던 나의 지난날들을 나도 모르게 어느새 언니를 보면서 반성하게 되었다. K언니는 내가 '스스로 그만 힘들어하고 헤쳐 나가자!' 이렇게 마음먹을 수 있도록 도와준 고마운 분이다.

그때 K언니는 내 눈에 너무 강해 보였다. 나도 강해지고 싶었다. 언니 덕분에 아르바이트 장소이었던 분식집은 나에게는 작은 일터이면서 동시에 힐링센터였다. 언니와 함께 일하고 이야기하는 일이 즐거웠다. 또 하나의 작은 행복이 있었는데 분식집 이모님 딸인 'ㅎ'라는 귀여운 초등학생이 있었다. 얼굴도 너무 예쁘고 키도 커서 나에게 폭 안기면 고등학생이었던 나와는 얼굴 하나만 차이가 날 뿐이었다. 'ㅎ'와 놀면서 늘 "너는 커서 꼭 톱모델이 되어라." 이렇게 말하곤 했었는데 어느덧 어른이 된 'ㅎ'는 정말로 텔레비전에 나오는 연예인이 되었다. 처음에는 모델로 활동을 하다가 최근에는 드라마에서 열연을 했다. 방과 후의 일과는 나름대로 분식집에서 추억도 만들고 돈도 벌고 재미있게 보냈다.

그와는 반대로 학교에서의 일상은 깜깜했었다. 그 당시는 전교생이 야간자율학습을 할 때였다. 야자를 빼먹는 나를 선생님들이 고등학교 3년 내내 곱게 볼 리가 없었다. 정말 고등학교 때 선생님들은 나에게 그동안 받지 못했던 인상을 심어 주었다. 그것도 아주 강하게. 나는 초등학교 시절부터 선생님들의 사랑과 귀여움을 독차지하던 학생이었는데 고등학교에 들어와서는 줄곧 무시당하고 부당한 대우를 받아야 했다.

석차가 높은 학생이 늘 모든 수행평가를 잘 하는 것은 아니다. 석차가 비록 낮더라도 적성에 맞는 수행평가는 뛰어나게 잘할 수도 있다. 그러나 공부 잘하는 학생이 항상 높은 수행평가 점수를 가져갔다. 공개 평가를 할 때에도 모든 반 아이들이 객관적으로 보고 있는데도 불구하고 결과는 늘 석차 순이었다.

나는 중학교 때 집안이 망하기 전까지 미술과 음악까지도 선생님을 두고 혼자 과외를 받았다. 특히 첼로를 어릴 때부터 해서 남들보다

음악 공부를 많이 했다. 눈 감고도 악보를 그리는 내가 음악과 미술수행평가는 늘 B+라는 점수를 받았다. 처음에는 부당한 점수라 생각하여 선생님을 찾아가 보기도 했었지만 오히려 역효과를 제대로 치러야 했다. 늘 나에게 B+를 주던 한 미술 선생님은 어느 날 나를 교무실로 호출하셨다. 그리고 시에서 여는 미술 대회에 한번 참가해 보라고 권유하셨다. 그림 점수A+를 받는 훌륭한 학생들을 제치고 B+인 나를 추천하는 선생님의 행동은 또다시 나로 하여금 학교 선생님들에 대한 신뢰를 꺾어 버렸다. 또 이런 일도 있었다. 고등학교 2학년 때는 음악 선생님이 내가 첼로를 했던 것을 어찌 알았는지 나를 현악부에 영입하기를 원했고 그 이후로는 음악수행평가는 늘 A를 받았다.

집에 압류딱지를 붙이는 날 나는 몰래 내 첼로를 빼돌렸었다. 그리고 생활비가 아무리 궁해도 절대로 팔지 않았다. 고등학교 때 그렇게 돼서 나름 현악부 동아리 생활도 하고 악장자리에도 앉아 보았다. 그런데 그게 문제였다. 남의 이야기를 하기 좋아하는 애들이 내가 급식통을 나르면서도 첼로와 고급 물감 등 색채도구를 가지고 다니는 것을 보고 몹시 시기하고 질투했다. 특히 중학교 때까지 함께 놀던 부류의 아이들이, 소위 엄친딸들의 배신이 아주 큰 타격이었다. 우리 집이 망하고 내가 비참해지니 고소했나 보다. 지금은 쿨하게 여기지만 그때는 학교생활에서 끔찍할 정도로 인간 대접을 못 받고 살았다.

한동네에서 나고 자랐으니 중학교 멤버가 그대로 고등학교로 진학한 것도 이유 중의 큰 이유였다. 내가 중학교 때까지만 해도 우리 엄마는 치맛바람이 굉장했었고 학교에서 운영위원장을 꾸준히 하셨다. 자연스럽게 우리 엄마나 나나 여왕 노릇을 하며 살아왔었는데 내 인생이 이렇게 1, 2년 사이에 처지가 달라질 줄은 꿈에도 몰랐다. 그래서 사람은 잘 나갈 때 주변 사람들에게 잘 대해야 한다. 내가 여왕 노릇할 때 내 비위를 맞춰주던 친구들이 고등학교에 올라와서 복수를 톡톡히 한 셈인 것이다. 별다른 괴롭힘은 없었지만 없는 사람 취급을 당하는 것이 얼마나 슬픈 일인가를 뼈저리게 느꼈다.

선생님들도 나를 무시했다. 나는 자주 이런 생각이 들곤 했다. '선생님들은 나 같은 애들이랑은 말도 하기 싫어하는구나.' 이 고등학교 시절은 지금 나에게는 아주 큰 교훈이 되어 나는 절대로 사람을 무시하지 않는 사람으로 성장할 수 있게 되었다. 중학교 시절, 나는 내 생각만 하는 아주 이기적인 아이였는데 덕분에 어른이 되었고 다른 사람의 처지나 입장도 고려할 수 있게 성장했다.

고등학교 때는 정말 공부할 맛이 안 났다. 중학교 때까지만 해도 "우리 미예 같은 학생은 꼭 서울대를 가야 돼."이런 이야기도 줄곧 들을 만큼 나는 공부도 전교에서 10등 안에 들었고 학급반장은 물론이고 3학년 때는 전교학생회 총무도 했었다. 중학교 때까지만 해도 나는 그냥 미예가 아닌 모든 선생님들의 '우리 미예'였는데 고등학교 때에는 정말 비참했다. 갑자기 달라진 집안 형편과 학교생활은 나로 하여금 무섭고 긴 어두운 터널을 지나는 것 같은 느낌이 들게 했다.

그렇지만 나는 아파만 할 수는 없었다. 아니, 아플 여유조차도 없었다. 나에게는 할머니와 동생이 있기 때문이었다. 굳건하게 자리를 지켜야 하는 나는 가장이었다. 나는 어떠한 부당한 대우를 받아도 괜찮았다. 단지 하나뿐인 남동생이 상처받지 않기를 원했다. 하지만 그런 바람과는 다르게 어른이 된 지금에도 내 남동생은 어린 시절을 여전히 아파한다. 하루빨리 동생이 과거의 상처로부터 자유로워지기를 바란다.

고3이 되면서 형편은 더욱 어려워졌고 급기야 나는 첼로도 팔아야 했다. 당시 첼로를 헐값에 팔고 받은 돈이 70만 원인데 그 금액이 아직도 잊혀지지가 않는다. 악기는 고사하고 줄값만 해도 50만 원 어치이었다. 지난 일은 역시 생각해 봤자 속만 상한다.

나는 이때부터 나의 괴로운 감정을 극복하는 나만의 방법을 만들고 연습했다. 사람들은 가끔 힘들고 후회가 되거나 불행하다고 느껴지면 자기 자신을 과거로 보낸다. 그리고 '그때 이렇게 했으면 좋았을 텐데…….'라고 흔히들 말한다. 그러나 과거는 절대로 변하지 않는다. 또한 변화시킬 수도 없다. 그래서 **나는 나를 과거가 아닌 미래로 보낸다.** 아래의 글은 내가 고등학교 3학년 때 너무 힘들고 속상해서 적어두었던 글이다.


나는 가끔 과거의 나와 소통한다.
현재의 나와 과거의 내가 소통을 할 때 희열을 느낀다.
아! 내가 살아있구나.
나는 가끔 삶이 힘들고 지칠 때 나를 미래로 보낸다.

내가 꿈꾸는 나의 미래로.

그 미래에서 나는 비로소 숨을 쉰다.

그 미래에 내가 살고 있을 때 과거의 나와 다시 한 번 소통을 한다.

미래의 나와 과거의 내가 만났을 때 나는 나를 느낀다.

미래의 내가 되어 과거의 나와 소통하는 이 순간은 짜릿하다.


19세 때 내가 무슨 생각으로 이런 글을 적었을까? 지금에 와서 생각해 본다. 그때는 이렇게 글로라도 표현하지 않았더라면 정말 힘이 들어서 못 견뎌냈을 것이다.

수능시험이 끝날 때까지 고등학교 생활은 어두운 터널 그 자체였다. 선행학습이 되어 있지 않은 나로서는 1학년 때는 노력해서 곧잘 따라가려고 해보았지만 고2와 고3 때는 환경에 두 손, 두 발을 다 들었다.

어떤 국어 선생님은 매일 수업 시간에 자기 이야기만 하고 나갔다. 집안 이야기에서부터 사돈에 팔촌 이야기까지 이야깃거리는 아주 다양했고 우리나라에서 내로라하는 부잣집은 전부 그 선생님과 연이 닿아 있다고 했다. 주제는 늘 자기자랑이었다. 그래도 학생들에게는 인기가 많았다. 시험기간 전에 미리미리 시험문제를 콕콕 잘 집어 주었기 때문이다. 수업한 내용이 없기 때문에 시험을 보기 전에 양심상 문제를 알려주었나 보다. 공부 잘하는 학생들은 어차피 공부는 학원과 과외를 통해서 하므로 학교에 오면 편히 쉬고 싶어 했다. 그 국어 선생님은 이러한 학생들의 마음을 아주 잘 알아주는 맞춤형 선생이었던 것이다.

그런데 요즘 고등학교는 선행학습이 더 심하다고 들었다. 그래도 기본적으로 공교육 선생님들은 수업 첫 시간마다 개념원리 정도는 설명해 줘야 하지 않을까? 나와 동생은 고등학교 때 혼자 공부해서 선행학습자들과 보조를 맞추느라고 무지 애를 써야 했다. 그러다 결국 열 올려 공부하는 것은 포기하고 그냥 무난히 졸업해서 바로 돈을 벌어야겠다고 다짐했다. 빨리 돈을 벌어서 집안 경제를 회복시켜야겠다는 일념을 가질 뿐이었다.

수능은 그냥 한번 봐 보았다. 대학은 안 갈 거지만 수능시험을 보지 않으면 억울한 느낌이 들 것만 같아서 아주 편안한 마음으로 시험을 치렀다. 그리고 수능이 끝나는 날 나는 무한한 행복을 느꼈다.

할머니가 말씀하시길 일제 강점기를 살다가 해방이 되던 날 모든 사람들이 밖으로 나와서 뛸 듯이 기뻐하며 소리를 질러댔었는데, 할머니는 그날이 한평생에 있어서 제일 행복했다고 하셨다. 나도 왠지 그런 무한한 해방감을 느꼈다. 수능시험을 치른 바로 다음 날 남들은 점수를 맞춰 보았겠지만 나는 벼룩시장을 보았다. 졸업식 전까지는 아르바이트도 하고 앞으로의 일을 생각해 보려고 했다. 나는 인천 송도의 대형 갈빗집에서 서빙 보조 아르바이트를 했다. 그때부터 나의 서빙과 설거지 인생이 시작되었다.

그러던 어느 날 갑자기 엄마가 집에 돌아오셨다. 엄마가 돌아와줘서 하늘에 감사했다. 혼자서는 많이 두렵고 무서웠다. 엄마가 옆에 없었다면 나는 세상에 독기를 가득 품은 여자 어른으로 자랐을 것이다.

엄마는 집에 돌아오자마자 나를 대학에 보내려고 필사적으로 애를 쓰셨다. 그래도 대학은 나와야 한단다. 그때 나는 엄마가 도저히 이해가 가지 않았다. "이러한 형편에 대학을 꼭 가야 하나요?"라고 반문하고 끝까지 대학입시 원서를 넣지 않았다. 학자금 대출을 받아서 대학을 갈 수 있다고는 들은 바가 있었는데 나는 그때 무모하다고 생각했다. 등록금에 생활비에 한두 푼 드는 일도 아닌데 우리 집 형편에는 도저히 무리라고 여겼다.

그런데 엄마는 사람 노릇을 하려면 전문대라도 나와야 한다고 했다. 어느 날 뜬금없이 엄마와 함께 택시를 탔다. 그리고 내린 곳은 충청남도 당진의 한 대학 기숙사 앞이었다. 엄마는 그렇게 나를 기숙사 앞에 내려놓고 가셨다. 엄마가 나 몰래 원서를 넣으셨단다. 이미 정시 기간은 지나갔고 추가로 원서를 넣을 수 있는 지방대에 원서를 넣으신 것이었다. 그것도 관광중국어과로……. 앞으로는 중국어를 배워놓으면 먹고살 수 있다는 말을 남기시고 엄마는 바로 그 택시를 타고 인천 집으로 가셨다. 그렇게 나의 대학 시절이 시작된 것이다.

엄마는 아마도 내가 학교생활 중에 중국어가 재미있고 중국어 선생님이 너무 좋다고 한 이야기를 기억하셨나 보다. 고등학교 때 중국어 선생님이신 전선혜 선생님은 유일하게 나에게 애정을 보여주는 그런 사람이었다. 나는 아직도 중국어 첫 시간, 선생님을 만난 그날의 수업 내용을 생생히 기억한다. 그때 선생님과 중국어의 첫인상은 나에게 강렬하게 뿌리박혔다. 선생님이 너무 멋있었고 처음 배우는 외국어인 중국어가 재미있었다. 그때 나는 실제로 대학교수라는 직업을 가진 어른을 단 한 번도 만나 본 적이 없었던 데도 불구하고 전선혜 선생님을 보면서 '아, 대학교수님 같다.'라고 느꼈다. 선생님은 나름 내 재능을 알아보시고 나를 중국어 과목부장으로 만들어 주셨다. 아마도 그때부터 중국어와 나의 인연은 시작되었다.

나는 그때까지만 해도 가난하면 하고 싶은 일을 할 수 없을 거라고 생각했다. 먹고사는 일이 우선이기 때문이다. 그렇지만 이 시기를 보내면서 돈 없이도 하고 싶은 것을 이뤄내는 삶의 방법을 터득했다. 누군가가 했던 '무일푼일 때 더 도전하기가 쉽다'라는 말을 용기 삼아 열심히 대학 생활을 보냈다.

가끔 '먹기 위해 사나? 살기 위해 먹나?'에 대해서 사람들과 이야기할 때가 있다. 그럴 때마다 나는 자신 있게 '먹기 위해 산다.'라고 말한다. 그리고 자주 먹고 사는 이야기를 하는데 어느 누군가는 이런 나에게 '먹고 살다'라는 말과 '먹기 위해 산다.'는 말은 너무 천박하다고 했다. 그때 나는 속으로 '이 사람은 굶어 본 적이 없는 사람일 거야.'라고 여겼다. 굶어 본 경험이 있는 사람은 먹고사는 일이 얼마나 품위 있는 일인지 잘 알게 된다.

그런데 이렇게 먹고사는 일이 품위 있고 중요하지만 더욱 중요한 일은 꿈을 꾸는 일이다. 꿈을 꾸고 노력해야 더 잘 먹고 잘 살 수 있기 때문이다. 흔히들 요즘에는 개천에서 용 안 난다고 우리들 20대 청년들은 많이 좌절하고는 한다. 용 정도의 품의를 가지려면 개천에서 날기는 싫지 않을까? 개천에서 태어난 어리고 연약한 용들은 강해지고 멋지게 날 수 있는 그날을 상상하며 한걸음 한 걸음씩 저 넓은 바다로 기어가고 있을 것이다.

가난하고 능력이 없다고 생각해서 한없이 아픈 청춘들이 많다. 그러나 가망이 없고 암담한 현실은 절대로 쉽게 또는 순식간에 바뀌지도 변하지도 않는다. 우리가 할 수 있는 일은 오직 하나 상황을 개선하기 위해 우리의 역량을 키우는 것이다.

역량을 키우면 상황을 변화시킬 수 있다. 물론 역량을 키우기 위해서는 시간과 노력, 끈기가 필요하다. 그리고 가장 중요한 것은 정신적으로나 육체적으로나 세상으로부터 오는 중압감과 스트레스를 이겨내기 위해 최선을 다하는 내면의 강한 힘이 필요하다. 그래서 나는 전문대 시절을 나의 역량을 키우는 시기로 삼고 좌절하지 않으려고 노력했다.

자신이 전문대 혹은 지방대 학생이라서 쉽게 좌절하는 친구들은 노력만으로도 자신의 상황을 충분히 개선할 수 있다고 굳게 믿길 바란다. 자신의 대학시절을 역량을 키우는 소중한 시간으로 삼아서 절대로 헛되이 시간을 흘려보내서는 안 된다. 우리 20대는 더 넓은 세상을 향해 날기 위해 끊임없이 노력하고 노력해야 한다.

# 느린 것을 두려워하지 말고
# 멈춰 있는 것을 두려워 하라


**나는** 서른에 단국대학교 대학원에서 중국어 어학을 전공하고 있다. 많다면 많은 나이다. 내가 대학원에 입학했을 때 어느 한 교수님은 나를 두고 대학원에 들어오기에는 나이가 좀 많다고 했다. 그러나 나에게는 '늦은 것을 두려워하지 않고, 멈춰있는 나를 두려워한다!' 라는 나만의 신념이 있다. 그래서 나이는 숫자에 불과하다고 생각한다.

대학원에 다닌다고 하면 사람들은 내가 아주 부잣집 딸인 줄로 오해하고는 한다. 적지 않은 나이에 대학원에 다니기 때문에 그런 오해를 받을 만하다. 그렇지만 나는 20세 때부터 일하면서 대학에서 공부했다. 일하며 공부하는 것은 이제 습관이고 일상이다. 단국대학교에 편입을 하고 난 후에는 학기 중에는 공부만 열심히 하고 방학 기간을 이용해서 가이드 일을 하거나 면세점에 나가곤 했다.

그런데 이제는 대학원생이다. 학비도 생활비도 더 많이 들 것이므로 학기 중에도 할 수 있는 일을 찾아야 했다. 대학원은 수업이 매일 있는 것이 아니라서 학기 중에 일을 병행하는 것이 가능해 보였다. 물론 대학원 학비가 만만치가 않아서 입학할 당시에 걱정이 많았지만 고민 따위는 하지 않았다. 나는 공부가 그 자체로서 즐겁기 때문이다. 우리 집은 지금 보증금 500만 원에 월세 35만 원에 살고 있다. 이러한 형편에도 돈을 벌면서 학교에 다닌다. 이렇게 할 수 있는 이유는 바로 꿈과 내가 하고 싶은 일에 대한 강한 집념이 있기 때문이다.

대학원에 입학할 때에도 무엇을 해서 돈을 벌 것인지 고민하며 학교 홈페이지를 매일 들어가 보았다. 그러다 우연히 교양과목 진로교과의 상담교사 채용 공고를 보았다. 내가 비록 상담 전공은 아니지만 상담이라면 자신이 있을 것만 같았다. 특히 진로 상담이라면 더욱 그러하다. 사실 원래 심리 상담 분야에 관심이 많기도 했고, 성격상 사람들과 소통하는 것을 좋아하기도 하지만 무엇보다도 내가 믿는 구석이 있었다. 바로 학교 선배님이자 스승님이신 김형환 교수님이 계시기 때문이다. 교수님은 청년들의 진로상담 분야에서 유명하시고 우리 학교에 출강을 나오셔서 인연이 되었다. 왠지 교수님은 내가 도움을 청할 때 들어주시고 많은 조언을 해 주실 것 같았다.

실제로 김형환 교수님께서 상담 방법을 많이 알려주시는 등 적지 않는 도움을 준다. 게다가 자신 있게 원서를 넣을 수 있었던 이유는 그동안 교수님의 수업을 학교에서도 학교 외에서도 찾아다니며 수강했기에 진로와 자기계발 분야에 대한 공부를 한 상태였고, 특히 교수님이 학생들을 상담하실 때 함께 있을 기회가 많았기 때문이다. 교수님은 우리 학교에 출강을 오시면 강의뿐만 아니라 개별 상담을 해주시는데 본인의 점심시간도 생략하신 채 학생들을 상담해준다.

나는 상담교사 채용에 무조건 이력서를 넣어 보았는데 합격했다. 아직 대학원 학번이 나오기도 전의 일이었다. 채용 담당자에게 이메일로 아직 입학 전이지만 대학원에 다니면서 꼭 해보고 싶다고 사정을 이야기했다. 나의 열정을 높게 평가해 주시고 채용해준 교수님들께 감사드린다. 내가 비록 상담 전공은 아니지만 여러 분야의 직업 활동이 학생들의 진로 상담에 도움이 될 것 같다고 기회를 주셨다. 운이 좋게도 석사 1학기부터 외래강사로 채용이 된 셈이다. 너무 감사해서 학생들의 진로 상담에 심혈을 기울이고 열심히 업무에 매진했다. 그리고 김형환 교수님의 세미나와 워크숍에 참가해서 상담에 도움이 되는 공부를 했다.

이렇게 나의 석사 1학기는 나의 학업과 연구보다는 진로 상담에 매진했던 날들을 보냈다. 천안 캠퍼스와 죽전캠퍼스를 통틀어 총 3개의 분반 110명 정도의 학생들과 만났고 진로 상담을 했다. 좋은 평가를 받아 석사 2학기에도 상담교사로서 총 60명의 학생들을 만날 기회가 있었다.

상담을 하다 보면 대학교 1학년 친구들 중에는 꿈이 없는 친구들이 종종 있다. 이 친구들은 하고 싶은 게 없다. 자신이 무엇을 좋아하는지 무엇이 자신을 설레게 하는지 모른다. 그러나 이것은 비단 학생들의 탓만은 아닐 것이다. 우리는 유예의 시대를 살고 있다. 꿈과 하고 싫은 일들만 유예가 된 것이 아니라 감정과 생각하는 능력까지도 유예가 되었다. 생각도 못하게 하고 감정도 못 느끼게 공부만 하는 기계로 만들어 놓고서는 이제는 생각을 하란다. 이 자체만으로도 학생들에게는 큰 혼란과 스트레스가 된다.

나는 이런 학생들을 만나면서 나도 나의 20대를 돌이켜볼 기회가 되었다. 그래서 서른의 나는 종종 20대 초반의 나를 만나곤 한다. 나의 20세는 많이 아프고 불안했었다. 늘 낭떠러지 위에 있는 구름다리를 걷는 듯 불안했고 나 역시 무엇이 하고 싶은지 어떤 직업을 선택해야 하는지 몰랐다. 그래서 무언가를 계속해보려고 노력했었다. 그 무언가는 내가 할 수 있는 일을 먼저 찾아야 했다. 당시 할 수 있는 일은 공부와 아르바이트뿐이었다. 나는 시간을 최대한 활용하면서도 이 두 마리 토끼를 다 잡고 싶었다. 그래서 학교 수업 시간과 아르바이트 시간을 제외하고는 늘 도서관에서 영어와 중국어를 공부했다.

내가 처음 나온 대학은 전문대. 대학 이름만 듣고 나면 명성이 없는 학교라고 생각할 수도 있겠다. 처음에 나 역시도 그렇게 여겼고 학교에 왔던 첫 달은 무진장 기운이 없었다. 학교는 논과 밭, 황무지 사이에 건물만 달랑 있는 외딴섬 같은 곳이었고, 심지어 식당과 카페조차 시내에 나가야만 있었다. 이러한 면학 분위기 덕분에 대부분의 학생들은 통학을 했고 놀아 줄 친구가 없었던 기숙사생이었던 나는 늘 외롭고 시간이 많았다. 한마디로 놀 곳이 전혀 없는 곳, 서울의 대학으로 와는 상이한 풍경 그 자체였다. 정말 그곳에서 할 수 있는 일은 오직 공부뿐이었다.

심심하니까 나도 언제부턴가 도서관에서 공부를 했는데 도서관에는 공부하는 사람들이 의외로 너무 많아서 처음에는 깜짝 놀랐다. 그래서 '중국어만큼은 내가 제일 잘해야지.'하는 마음으로 중국어 공부에 매진했고 성과도 있었다.

학교 다닐 때 학과장님으로 계시던 송원배 교수님께서는 내가 백년에 한번 나올까 말까 한 학생이라고 칭찬을 아끼지 않고 해주셨다. 그리고 사년제 대학으로 진학을 해서 공부를 하기를 권하셨다. 엄마가 나를 기숙사에 버리고 간 이후로 기운이 없이 풀죽어 있는 학생이었는데, 교수님들께서는 그런 나의 기를 세워 주시고자 좋은 말씀들을 많이 해주셨다. 첫 대학 시절에는 송원배 교수님께서 친딸같이 알뜰살뜰 보살펴 준 덕분에 학교생활을 씩씩하게 잘해 낼 수 있었다.

비록 이렇게 충청도에서 공부를 하고 있지만 늘 가족들이 걱정되었다. 어려운 형편에 할머니는 노환으로 자주 앓아누우셨고 동생도 유도를 했는데 크고 작은 부상으로 수술을 자주 하는 바람에 입원하는 일이 많았다. 늘 재앙은 겹쳐서 온다. 없는 형편에 대학병원의 수술비와 입원비는 견디기 어려운 짐이 되었다. 아픈 가족들도 늘 걱정이고 돈이 없는 것이 또한 큰 걱정이라서 내 마음이 한시도 편할 날이 없었다.

그러던 어느 날 문득 깨달았다. 나와 동창들의 무기력함은 학교가 문제가 아니라 학생들이 문제라는 것을! 내 친구들의 모습은 언제나 불평불만을 하거나 풀 죽어 있었다. 20대의 그 청년들은 늘 입에 이런 말들을 담고 살았다.

"나는 가망이 없어."

"가난하고 능력도 없고 희망도 없어."

"내가 무얼 할 수 있겠어?"

그리고는 자괴감에 무기력해 했다. 남들이 나를 봐도 이런 모습이라면 정말 싫을 것 같았다. 그래서 공부도 열심히 하고 열정적으로 살았던 것 같다. 특히 이런 생각들이 너무 싫었다.

"이런 학교를 나와서 뭐해? 내 인생은 끝났어!"

나는 내 인생을 이대로 끝내고 싶지 않았다.

지금은 비록 세상의 기준에 많이 뒤처져 있는 것은 사실이지만 내가 노력만 하면 성공할 수 있을 거라고 굳게 믿고 의심하지 않았다. 이때 내가 좌우명으로 내 마음속에 심은 말이 바로 '불파만, 지파참(不怕慢, 只怕站)'이다. 이 말의 뜻은 '느린 것을 두려워 하지 말고, 멈춰 있는 것을 두려워 하라!'이다. 20대인 나에게 아주 큰 힘이 되었다. 내가 한 걸음 한 걸음씩 한 단계 한 단계씩 밟아 나간다면 나의 모든 악조건들을 꼭 극복할 수 있으리라 굳게 믿게 해주었다.

중국어 공부도 열심히 하고 강의가 끝난 오후에는 시내의 대형 갈비집인 '이삭'이라는 곳에서 서빙을 했다. 당진 시내의 '이삭'이라면 알 만한 사람은 다 아는 그런 유명한 대형 식당이다. 나는 알바로 시작했지만 나중에는 나보다 먼저 들어온 직원들이 다 그만두기도 해서 최고참이 되기도 했다. 서빙은 오랫동안 하기에는 골병 드는 일이기 때문에 장기적으로 일하는 사람을 구하는 것이 쉽지가 않다고 했다. 심지어 그 집 아이가 초등학교 5학년이었는데 'ㅎ'이라는 귀여운 아이였다. 그 아이 과외 수업도 했다.

당시 우리 학과의 조교 선생님이 자신은 월급을 80만 원을 받는다며 나의 수입을 물어보셨는데 나는 조교선생님의 생각보다 적은 월급에 너무 놀랍기도 하고 해서 내 수입을 군이 말하지 않았다. 조교 선생님보다는 조금 더 벌었기 때문이다. 또 학생으로서 조교 선생님의 기분을 상하게 해드리고 싶지 않았다.

'이삭'의 사모님과 사장님은 너무 따듯한 분이셨다. 나에게 외숙모와 외삼촌이 되어주셨고 호칭도 외숙모, 외삼촌이라고 친근히 불렀다. 외숙모는 나에게 자주 외식도 시켜 주시고 생일도 챙겨주시고 정말 좋은 분이셨다. 이렇게 학교와 일터 모두 좋은 스승님과 은인들을 만나서인지 전문대학을 무사히 졸업할 수 있었고 정말 우리 엄마 말대로 그나마 대학물 먹은 여자가 될 수 있었다.

첫 대학을 다닐 때만 해도 내 꿈은 없었다. 나는 막연히 좋은 성적으로 졸업해서 취업을 하고 돈을 벌고 싶었을 뿐이다. 여행사나 호텔, 면세점 중에서 아직 구체적인 진로의 방향을 잡지 못하고 있었다.

그러던 어느 날 관광업 수업 시간에 TC라는 직업에 대해서 배우게 되었다. TC는 TOUR CONDUCTOR의 약자이다. 그날 TC라는 직업을 처음 알게 되었다. TC는 해외 여행 인솔자로 해석 가능하며, 한국 사람들이 해외로 단체여행을 가는 패키지 팀의 가이드 역할을 하고 한국에서의 출발부터 여행이 끝나서 돌아올 때까지 통솔 인솔하는 일을 하는 직업이다.

순간 내 가슴은 너무도 설레고 가슴이 뛰었다. 이 일을 하면 나는 전세계를 어디든지 여행할 수 있기 때문이다. 내가 가슴 뛰는 일을 드디어 발견하게 된 것이다. 수업이 끝나자마자 나는 교수님께 찾아가서 TC가 되는 방법을 여쭈어 보았다. 다행히 관광학도이었기에 방법이 쉬웠다. 인솔자 양성과정 교육을 받고 시험에 통과하면 여행업 협회에서 인솔자 자격증을 발급해 준다고 했다. 나는 2학년 방학 때 K대학교 사회교육원에서 인솔자 양성 과정을 수강하고 시험에 합격하여 인솔자 자격증을 획득했다. 그리고 자격증이 내 손에 들어오기도 전에 나는 A투어에 입사를 해서 졸업하기 전에 취업했다.

나 또한 스무 살 그 시절에 나 같은 스펙으로는 취업도 못할 것만 같고 평생 잉여인간으로만 살 것 같았다. 나는 전문대생이니까. 하지만 이런 기운 빠지는 생각만으로 걱정만 하고 노력을 하지 않는다면 나의 상황은 단 1%도 바뀌지 않는다는 걸 일찍이 깨달은 바다. 생각을 이렇게 긍정적으로 바꾸고 열심히 노력하며 살다보니 의외로 이 세상에는 직업이 다양했고, 꼭 모든 직업이 학벌을 따지지는 않는다는 걸 알게 되었다. 특히 여행업이나 면세점과 같은 서비스 직종은 경력이 중요시된다.

내가 20세 때 몰랐던 이러한 점들을 진로 상담을 하면서 나의 학생들에게 알려주고 싶었다. 그리고 나는 취업을 하려고 이력서를 넣고 면접을 보러다닐 때 마땅히 물어볼 상대가 없었다. 그래서 답답했고 어려웠다. 그렇기 때문에 나의 후배들이 이렇게 똑같은 어려움을 겪고 있다면 찾아가서 알려주고 싶고 도와주고 싶다.

지금은 정기적으로 첫 대학의 후배들을 그중에서도 면세점에 입사하고 싶은 학생들을 적극적으로 돕고 있다. 자소서와 이력서 쓰는 법에서부터 면접까지 상세히 코치해준다. 나에게 코칭을 받은 후배가 입사를 해서 열심히 일하고 있다는 말을 들을 때마다 참 뿌듯하고 자랑스럽다. 게다가 요즘은 면세점에서 일하는 후배들의 편입 상담도 들어주고 있다. 열심히 노력하다 보면 스스로 부족함이 보이고 또 그 부족함을 채우고 싶어지게 된다.

"오늘보다 더 나은 내일을 살기 위해서 늘 고민하는, 우리들이야말로 정말 아름다운 청년이에요."

그러나 단순히 스펙을 높이려고 준비하는 편입은 반드시 실패한다. 편입은 수능보다 더 어렵기 때문이다. '낙타가 바늘구멍에 들어가기'라는 비유가 딱 적절하다. 하지만 오늘보다 더 나은 내일을 살고 싶고, 자기 자신을 발전시키고자 하는 욕구와 절실함이 있다면 편입을 준비해도 시간이 아깝지가 않다.

# 첫 번째 꿈을 이루다

**해외여행이** 너무 가고 싶었던 나는 TC가 되어 A투어에 입사했다. 사실 그전에 해외여행이라고는 배를 타고 중국 청도에 가본 것이 고작이었다. 입사 당시 나는 21세로 최연소 TC이었고, 나의 동기들은 6세 위였다. 게다가 내 뒤로 들어오는 후배들은 몇 년간은 계속 나보다 나이가 많았다. 입사 후 첫 두어 달 동안은 팀장님과 과장님들께 교육을 받았다. 그리고 출장을 기다리면서 이것저것 선배들의 출장 준비를 도와야 했다.

보통 사회 초년생들은 자신들이 입사 후에 왜 다시 교육을 받아야 하는지 이유를 모른다. 혹은 취준생들이 흔히 하는 착각 중에 하나가 본인이 완벽해진 다음에야 직업을 구하려고 하는 것이다. 이 두 가지 생각은 정말로 틀린 것이다. 나 또한 2년 동안 학교에서 여행업 전반에 걸친 과목들을 두루 이수하였고, 전문 인솔자 과정까지 수료했었으니 바로 현장에 투입될 수 있을 거라고 크게 착각했기에 출장을 기다리는 동안 너무나도 초조했다. 그러다 한두 번의 출장을 경험한 뒤에는 '아, 내가 한참 멀었구나.' '배울 것이 끝도 없구나.' 하고 느꼈다.

학교에서 TC에 대해 배울 때는 교과서에는 이렇게 쓰여 있었다. TC는 여행의 '꽃'이라고 나는 그 대목이 너무 마음에 들었다. 나는 꼭 '꽃'이 되고 싶었다. 나는 정말 회사에서 모든 여행 준비를 완벽히 마치면 차려진 밥상에 밥숟가락만 올리면 되는 줄 알았다. 그러나 현실은 그리 녹록하지 않았다. 입사 후 2, 3년간 많이 배워야 했기에 출장 횟수도 적어서 기본 생활비를 벌기에도 벅찼다. 비록 생활은 어려웠어도 여행업에 대해서 제대로 배운 기회의 날들이었다.

나는 가고 싶었던 A투어에 입사했다. 이유는 나의 주특기 언어가 중국어였기 때문이다. 보통 H투어나, M투어와 같은 대형 여행사에서 TC를 뽑는다. 그런데 이 두 회사는 중국어 전문 인솔자는 중국만 갈수 있었다. TC파트가 지역별로 나눠진 팀제이었기 때문이다. 중국팀 인솔자는 중국만 가는 시스템이다. 그런데 나는 전세계를 여행하고 싶었다. 그래서 내가 선택한 회사는 A투어였다. 내가 입사를 할 당시만 해도 A투어는 3대 여행사 중 하나였다. 그리고 TC파트가 따로 TC ○○라는 법인을 냈고, 자회사이지만 독립적으로 활동할 정도로 규모가 상당했다. 내가 프리랜서가 된 후에도 TC○○ 출신이라고 명함을 내밀면 상대측 여행사에서는 믿고 일을 맡길 만큼 여행업계에서 TC ○○는 훌륭한 TC를 배양하는 공장으로 유명했다.

TCㅇㅇ는 TC의 출장 순서가 정해져 있다. 초보 때는 경력을 쌓아야 하기 때문에 중국, 동남아, 남태평양, 지중해, 러시아 북유럽, 서유럽, 동유럽, 아프리카의 순서대로 출장을 배정받는다. 지중해까지는 선배들에게 인폼만 받고 처음부터 혼자서 나가지만, 유럽을 진출하기 위해서는 스터디라는 명목으로 팀장님의 출장에 사비를 내고 다녀온 후에야 유럽 출장을 갈 기회를 얻을 수 있다. 그렇게 유럽까지 경력이 되는 TC는 비로소 로테이션으로 자유롭게 출장지를 선택할 수 있다.

여러분들이 아마 가장 궁금해 하는 것이 TC의 월급일 것이다. 여행만 다니면서 돈도 잘 벌면 정말 금상첨화의 직업일 것이다. 그렇지만 TC는 정해진 기본 급여가 없다. 철저한 일당제인 것이다. 회사에 소속되어 있으나 동시에 프리랜서로 일할 수도 있다. 그래서 나는 단 한 번도 사회보장제도와 4대 보험의 혜택을 받은 적이 없어서 그 점이 매우 유감스럽다. 계약직 노동자의 인생인 셈이다.

나는 처음 TC가 된 2, 3년간 정말 고생이 많았다. 내가 지중해까지 갈 수 있는 경력이 생기기 전까지 회사에서 하는 일은 듀티와 샌딩이 더 많았다. 당시 A투어는 직판을 고집했고 신문지상의 광고만 낼 뿐 텔레비전 광고도 하지 않았다. 그만큼 기존의 상용고객만으로도 회사가 잘 돌아갔었다.

회사로 찾아오는 고객 분들을 담당자와 만나게 해 주는 것이 듀티고, 공항에서 이리저리 뛰어다니며 여행객의 티켓 보딩을 도와주는 일이 샌딩이다. 듀티는 하루에 3만 원을 받았고, 샌딩은 4만 원을 주었는데 하루 4만 원을 받고 회사가 있는 종각에 갔다가 티켓을 싣고 인천 공항에 가면 버스비와 밥값을 제외하고 나면 남는 것이 거의 없었다. 내가 남들보다 출장을 못 나가고 듀티와 샌딩을 많이 한 이유가 있다. 나는 시키면 군소리 없이 하는 타입이기도 한데 사실 우리 기수 동기들이 회사에 라인이 없는 소위 '못 나가는 부류'였다.

그 시절은 정말 어려웠는데 우리 동기들이 아니었으면 회사를 진작 그만두었을 것이다. 나는 샌딩을 하다가 이런 생각도 해보았다.

'나는 나중에 굶어 죽지는 않을 거야.'

'회사에서 나오게 되면 샌딩 업체에 들어가 샌딩이라도 해야지!'

그 시절의 생활은 정말 어려웠다. 한 달에 한번 중국 출장을 나가서 받는 돈이 겨우 40만 원 정도였다. 지금 생각해 보아도 그 시절을 어떻게 견뎌냈는지 다시 하라면 못할 일이다.

간혹 면세점에 친한 친구들이나 나와 함께 여행 갔던 손님 분들 그리고 학교 후배들이 여행이 너무 좋아서 TC가 되고 싶다고 찾아온다. 게다가 단국대 동창들까지도 내가 방학 때마다 프리랜서로 일하면서 해외출장을 가는 것을 무지 부러워한다. 그래서 나는 TC를 '해라 마라' 혹은 '좋다, 나쁘다'라고 말하지 않는다. 그러나 전문 인솔자가 되어 유럽 출장을 나가기 전에는 겪는 생활이 어렵다고 꼭 말해준다.

그 당시 유럽을 뛰는 선배님들은 나에겐 우상이었다. 비록 중국만을 출장을 다니며 생활도 근근히 유지했지만 더 새로운 대륙을 경험해 보겠다는 꿈이 나를 견딜 수 있게 해주었고 나는 결국 아프리카 땅도 밝아 보았다.

지금도 나의 동기인 선영 언니, 미연 언니, 성현 오빠는 현역 TC이다. 그때 꿈꾸던 삶을 지금 살고 있다. 지금도 나를 만나면 아직 학생이라고 맛있는 것도 많이 사준다. 예전에 회사 다닐 때는 동생이라고 많이 챙겨주었는데 지금은 학생이라고 챙겨준다. 내 동기들이 없었으면 나는 TC를 진작 그만두었을 것이다.

TC에 대해서 궁금해 하는 분들을 위해서 더 자세한 설명을 하겠다. 먼저 TC와 가이드의 차이에 대해서 궁금해 하는 사람들이 많이 있다. TC는 가이드보다는 인솔자를 가리킨다. 그러나 가이드라는 명칭도 상관없다. TC와 같은 국외여행 안내사나 국내여행 안내사 모두 가이드라는 명칭과 호칭으로 불린다.

먼저 여행업은 국내여행업(IN BOUND)과 해외여행업(OUT BOUND)로 나누는데 국내여행은 외국인들이 한국에 오는 여행이고 해외여행은 한국 사람이 해외로 가는 여행을 일컫는 말이다. 군이 TC와 가이드의 명칭을 구별 짓고자 한다면 국내여행에 종사하는 분들이 가이드이고 해외여행에 종사하는 사람들이 인솔자다. 국내여행업에서 가이드로 종사하려면 관광통역 가이드 자격증이 필요하다. 이 관광통역가이드 자격증이 있으면 여행사에 인솔자로 취업이 가능하다. 그러나 해외여행 인솔자 자격증만을 소지한 사람은 국내여행업에서 가이드로 종사할 수 없다. 관광통역가이드 미소지자가 외국인을 상대로 통역 및 가이드 일을 하는 것은 법에 위배되는 일이다. 가이드와 인솔자의 사전

적 의미는 관광 따위를 안내하는 사람이지만 나의 의미의 인솔자란 여행객의 낭만을 위하여 현지의 현실과 끊임없이 싸워야 하는 존재였다. 이 업을 이렇게 정의한 이유는 여행객들의 낭만이 깨지는 순간 모든 것이 인솔자에게 컴플레인으로 돌아왔기 때문이다.

나는 TC가 되고 싶어 하는 사람들에게 이 직업이 좋다 나쁘다 함부로 판단을 내려 제안을 하기에는 곤란함을 느껴 장단점을 말해주고자 하는데 내가 생각하는 장단점은 아래에 서술하는 바다. 그렇지만 절대적으로 나의 개인적인 성향과 판단이 들어가 있으므로 판단은 개개인에게 맡기도록 하겠다.

편파적이고 개인적인 전문 TC로서 생각하는 이업의 장단점

장점

① 해외여행을 실컷 할 수 있다.

나 역시 비행기 한번 타보려고 시작한 일이다.

② 자격증과 경력만으로 프리랜서로 활동이 가능하다.

회사 다닐 때는 4대보험 안 되어서 섭섭했으나, 지금 생각해보면 세금 안 떼였고, 내가 일하고 싶을 때만 일할 수 있는 계약직 슈퍼 '갑'이 되었다.

③ 많은 여행객들을 만난다.

여행하는 분들은 대부분이 연륜이 많은 분들이다. TC는 TOUR READER라고도 하는데 내가 연륜 있는 손님들 앞에서 리더일 수 있는 이유는 내가 그분들보다 여행지에 조금 더 익숙하기 때문이다. 여행을 다니면서 많은 손님 분들과 좋은 인연을 맺게 되었다.


③ 해외문화의 접촉으로 인해 열린 사고를 가질 수 있다.

여행은 정말 다양한 문화와 세계관을 이해할 수 있는 좋은 기회이다.


⑤ 외국어 등 공부를 꾸준히 할 수 있는 계기가 된다.

대부분의 TC들은 영어와 자신의 주특기로 언어 이외에도 라틴어를 공부한다.

유럽 출장에 있어서 라틴어는 필수이다.


⑥ 고정수입은 없지만 웬만한 직장생활을 하는 것보다는 큰돈을 만져볼 기회가 있다.

열흘만 일을 해도 웬만한 월급쟁이의 한 달 급여를 벌 수 있다. 단 경력이 받쳐 주어야 한다.

단점


① 수입이 일정하지가 않다. 여행 비수기를 항상 대비해야 한다.
여행업은 성수기와 비수기를 심하게 탄다.


② 불규칙한 생활로 건강 챙기는 것이 어렵다.

 잦은 해외 출장으로 밤낮이 바뀌고, 손님들의 케어에 식사를 제때
에 못한다.


 ③ 한국에서의 인간관계를 지키기가 어렵다.

 이유는 해외출장 스케줄에 따라 살아야 하기 때문이다. 그래서 TC
는 친구가 없다. 친구가 일할 때 나는 놀고, 내가 일하면 친구가 놀기
때문이다. 해서' TC는 TC 하고 만 논다.'라는 우리끼리 하는 우스갯소
리가 있다. 실제로 시청과 종각의 여행사 거리 범위 내에 있는 카페에
는 들어가기만 하면 죄다 TC들이 앉아있다.


 ④ 육체노동만큼이나 감정노동이 심하다.

 아무리 한국에서의 점잖은 성격의 손님이라 할 지라도 해외에 나
가면 본성이 이성을 압도하더라!


 ⑤ 남들은 여행 다닌다고 부러워하지만 관광지에서 즐길 여유 따

위 없다.

　TC는 최소 같은 지역을 열 번 이상을 가 보아야 관광지가 비로소 눈에 들어온다. 그전에는 늘 손님의 뒤통수만 보고 다니기 때문이다. 관광지에 가서 늘 제일 처음 하는 일은 입구와 출구 그리고 화장실과 동선의 파악이다.

# 힘들 때
# 위대한 답을 찾는다

**나는** 회사에서 출장을 잘 나가지 못하는 부류로 그나마 근근이 생활을 유지했었다. 나는 회사에 라인이 없었다. 전문대 출신에다가 심지어는 지방대 출신이기 때문이었다. 내가 처음 회사에 들어왔을 때 선배들은 나에게 '어느 학교 출신이냐?' '해외연수는 다녀왔느냐?' '유학은 다녀왔느냐? 다녀왔으면 몇 년 다녀왔느냐?' 이러한 질문들을 했다. 그러고 난 뒤에는 더 이상 나에게 관심을 가져주는 사람은 없었다.

우리 동기들도 모두 지방대 출신이다. '아! 이런 것이 학벌, 지연이구나! 하고 체감했다. 그때는 4년제 나온 친구들이 너무 부러웠다. 선배들은 4년제 대학 출신에 어학연수는 기본으로 해외 유학파 출신의 사람들이 대부분이었다. 그중 가장 활성화가 잘 되었던 라인이 ○

○대 라인이었다. 아마 높으신 분들 중 한 분이 ○○대 출신이었던 것 같다. 내가 입사 후 몇 개월 뒤 마침 나의 뒷 기수로 ○○대 4학년 학생들이 신입으로 들어 왔었는데 나보다 먼저 호주 출장을 배정받았을 때는 정말 슬펐다. 나는 남태평양에 진출하기까지 무려 2년이라는 시간이 흘렀기 때문이다. 계속되는 중국과 동남아 출장으로는 생활 유지가 어려웠다. 그래서 나는 새로운 돌파구를 찾기 시작했다. 바로 모객이었다. 여행업 업무를 크게 두 가지로 나누자면 OP와 TC이다. OP는 사무실에서 고객을 모객하고 여행 예약에서부터 여행 준비를 위한 전반적인 사무 업무를 하는 것이다. 당시 실적을 위해 TC들에게도 모객을 적극 장려했다. 내가 좋아하는 공자는 "군자는 힘들고 궁한 상황에서 위대한 답을 찾아낸다."라고 했다. 나는 어차피 매일 출근하는 마당에 놀면 뭐 하겠는가? 회사에서 열심히 모객을 했다. 그러다 보니 100명이 넘는 TC들 중에서 늘 모객1, 2등을 하는 우수사원이 되었다.

모객을 열심히 하다 보니 사장님께서는 나에게 유럽을 진출할 기회도 주셨는데 당시 나는 유럽 스터디에 참여할 비용이 없었기에 포기해야만 했다. 어쨌든 모객도 열심히 하고, 선배들에게도 열심히 대하고 매일 출근하는 모습을 보시고서는 많은 분들이 나를 대하는 눈이 달라지기 시작했다. 나는 한 달에 기본적으로 천만 원 이상을 회사에 입금 했다. 모객을 하고 난 이후로는 굳이 출장을 가지 않아도 생활이 유지가 되었고 심지어 어떤 남자 선배들은 나보고 여행사 대리점을 차리라고도 했다. 그러나 나는 사업이 싫었다. 어릴 때 부모님의 사업 실패가 뼈저린 경험으로 남아 있기 때문이다.

내가 모객을 이렇게 잘할 수 있었던 이유는 내가 출장 가서 손님들을 일회성 돈벌이 수단으로 여기지 않았고, 진정으로 함께 여행을 즐기고자 했으며 좋은 인연으로 남고자 바랐기 때문이다. 나의 손님들은 나와 또 다른 여행지를 함께 가기를 원했다. 나중에는 단순 모객 차원을 넘어서 내 팀을 내가 만들어 랜드사에 직접 하청을 주어가며 출장을 가기도 했다. 내가 기획하고 출장을 가게 되면 정말 일석이조이다. 나중에 나는 A투어뿐만 아니라 H관광이나 H투어 M투어 같은 곳에도 모객을 해 주었고 이것이 인연이 되어 그분들도 TC가 필요하면 언제나 나를 찾아준다. 이때의 고마운 인연으로 나는 단국대학교에 편입을 하고 나서도 방학 때마다 프리랜서로 일할 기회가 많았다.

모객으로 어느 정도 첫 사회생활에 자리를 잡으려고 하는 찰나에 또 다른 대대적인 위기가 몰아서 왔다. 사스가 전세계적으로 악명을 떨칠 때의 일이다. 해외여행 인원수는 급격히 줄었고 회사가 상당히 어려워졌다. 모객도 출장도 없으니 다른 일을 찾아 떠난 TC분들이 많이 생겨났다.

TC는 기본 급여가 없고 시기를 많이 타는 직업이므로 이 직업 하나만으로는 생활 유지가 어렵다. 보통 시기가 안 좋을 때 젊은 TC들은 다른 일 즉, 아르바이트를 하면서 여행업계의 상황이 좋아지기를 바라며 기다린다. 개인의 능력에 따라서 통역이나 번역을 하는 사람들도 있고 TC들의 아르바이트는 다양했다. 본업은 해외여행 가이드이지만 해외 출장이 없을 때는 외국어를 잘하거나 관광통역 가이드 자격증이 있는 사람들은 국내 가이드로 일을 한다. 나도 이 '사스'의 위기를 국내여행 가이드 일을 아르바이트로 뛰며 생활을 유지해야 했다. TC 경력을 내세우면 국내 가이드 일은 구하기가 쉽다.

나이가 지긋하신 선배 TC분들은 보통 사업체를 하나 더 가지고 있는 분들이 그나마 TC라는 업을 평생 직장으로 이어가는 듯 보였다. 이렇듯 TC는 고정급여가 없기 때문에 평생직장도 어렵고 시기도 많이 타므로 투잡을 반드시 해야 한다. 요즘 투잡이 대세이긴 하지만! 본업이 어려워 아르바이트를 한다는 것은 좀 우울한 상황이다. 물론 잘 나가는 TC들도 있다. 출장을 나갈 때마다 쇼핑과 옵션을 빵빵 터트려 명품으로 온몸을 번쩍번쩍하게 하고 다니는 선배님들도 더러 보았다. 그러나 그런 사람들은 열에 하나일 뿐이다.

이처럼 어려운 시기에 구원의 손을 내밀어 준 은인이 한 분 계신다. 바로 은희 선배다. 선배는 당시 A투어의 초창기 멤버였기 때문에 굳건히 회사를 지키고 계셨고, 이직률 높은 이 직업세계 속에서도 여전히 TC로 근무하고 있다. 선배님은 매일 회사에 나와서 열심히 일하는 내 모습을 기특해 했고, 출장을 많이 가지 못하는 것을 안타까워해주시고 나에게 많은 가르침을 주었다. 다음에 또 유럽 출장의 기회가 오면 잡기 위해서 나에게 특단의 조치를 취해 주었다.

개별 과외를 우리 동기들과 함께 시작해 주셨는데 과외의 내용은 각 유럽의 전반적인 역사에서부터, 언어, 화폐단위와 출장 시 꼭 알아야 하는 인품들이었다. 지금도 밤에 잠이 안 올 때 가끔 생각나는 눈물 나는 장면이 있다. 우리는 신림동에 있는 나의 동기 중의 한 명인 미연 언니의 집에서 이 스터디를 시작했는데 한번은 은희 선배님이 다리를 크게 다치셔서 깁스를 하고 목발을 짚고 다니셨다. 그날은 비가 억수 같이 내리던 장마철이었는데 선배님은 우리들에게 공부를 시켜주시 려고 목발과 우산을 들고 힘겹게 와주셨다. 정말 나중에는 내가 업고 다녀야 할 분 중에 한 분이다.

나는 그렇게 선배님의 애제자였다. 단순히 지식을 알려주는 것뿐 만이 아니라 소울메이트였다. 공부할 때는 엄한 선생님이지만 술자리 에서는 허물없는 친구였다. 선배님은 나의 정신과 마음 상태를 늘 꿰 뚫어 보시고는 내가 선배님과 많이 닮았다고 했다. 그리고 지금 내 상 태는 작은 가시가 박혀도 대못이 박힌 것처럼 아프지 않느냐고 하셨 다. 나는 그때 정말 그랬다. 그러나 나는 다른 사람에게 내 이야기를 잘 털어놓지 못하는 아이였다. 그런데 은희 선배님을 만난 후로는 상 처가 치유되었고 서서히 어른이 되는 느낌이 들었다. 그리고 크게 두 가지를 배웠다. 늘 감사하는 마음과, 늘 공부하는 자세이다.

전문 TC가 되려면 정말 공부를 많이 해야 한다. '경력이 많은 선배 님들은 이제 공부를 안 해도 될 텐데?'이런 생각을 해보기도 했다. 그 러나 세상은 끊임없이 변했고 그런 상황에 유연한 대처를 하기 위해 서는 늘 공부해야 했다.

선배님은 정말로 말한 대로 삶을 사는 그런 훌륭한 분이었다. 나도 선배님처럼 되어야 겠다.'고 다짐한 후에는 비록 출장이 없고 돈이 없어도 그렇게 힘들지는 않았다. 오히려 나를 단련하고 미래를 준비시키는 기간으로 삼았다. 선배님은 나에게 심심할 때는 공부를 하거나 운동을 하라고 알려주셨다. 20대 초반에 길러진 이 건강한 습관은 내가 남들보다 조금 늦은 나이에도 공부할 수 있는 밑거름이 되었다. 지금 생각해보니 은희 선배님은 나의 머리도 채워주시고 마음도 치유해준 고마운 은인이다.

이뿐만이 아니라 은희 선배는 자신의 모든 것을 나에게 나눈다. 자신의 지식과 지혜뿐만 아니라 물건까지도 나누어준다. 정기적으로 나에게 고급 가방과 옷을 준다. 늘 받을 때마다 감사할 뿐이다. 나에게 가방을 주는 이유는 이렇다. 가이드들은 해외출장이 잦아서 명품이 많다. 그러나 나는 없다. 내가 돈이 없어서가 아니라 나는 나에게 돈을 쓰는 일이 익숙하지가 않기 때문이다. 돈이 있으면 할머니의 생활비에 보태야 했고, 내 동생에게 맛있는 음식을 사주고 싶었다. 무엇보다도 명품은 아직 나에겐 사치라는 생각이 들었다. 그런 내가 늘 마음이 아프셨나 보다. "가이드는 이런 것도 하고 다녀야 돼!" 하시고는 늘 좋은 물건을 나눠준다.

하루는 출장을 가신 선배에게서 이런 문자가 왔었다. 손님들 중 나와 동갑내기인 손님이 있는데 그 아이를 보면서 나를 생각했다고 했다. 그 아이는 슬리퍼조차도 명품을 신고서 부모에게 응석을 부리며 여행 온 반면 일하는 내가 너무 자랑스럽다고 나를 사랑한다고 말해

주었다. 그리고 무엇보다도 자신을 스스로 아끼고 사랑해 주라고 말해주었다. 선배는 "나 자신을 사랑해!" "나는 예쁘다!"고 늘 자신에게 말해주라고 하였다.

사실 여행사에서 근무하는 동안에 점점 나락으로 떨어지는 나의 자존감을 회복할 길이 없었다. 출장을 가기 전에는 서비스업이기에 늘 나의 간과 쓸개는 집에 있는 냉장고에 두고 나가야 했다. 그런데 내가 자랑스럽다고? 나를 사랑하라고? 말해주는 나의 사랑스러운 스승님 덕분에 자존감을 찾아 일터에서 굳게 버틸 수 있었다. 그렇게 나를 사랑하는 방법을 익혀 가면서 어른이 되는 연습을 했다. 지금도 애칭 고양이 가이드로 일하고 계신 은희 선배님, 자주 연락은 못 드리지만 너무 감사하고 사랑한다.

나 역시 20대 초반에 이 세상에 그리 감사할 일이 별로 없었기에 '감사하는 일'과 나 자신의 모습이 마음에 들지 않는 삶을 살았기에 나를 '사랑하는 일이' 너무나도 어려웠다.

10년이 지난 후 비로소 감사하는 마음과 나 자신을 사랑하는 마음이 있어야만 진정으로 행복한 삶으로 바꿔 나갈 수 있다는 것을 깨달았고 학생들이 상담하러 오기 전에 미리 문자 메시지로 지난주에 감사했던 일과 다음 주에 감사할 일을 생각해 오라고 한다.

# 인생을 단단하게 만들어주는
# 여행의 힘

여행은 인간을 겸손하게 만든다.
세상에서 인간이 차지하는 영역이
얼마나 작은 것인가를 깨닫게 해준다.
프리벨

**누군가** '인생은 끊임없는 여정'이라고 했다.

"그래, 나는 인생을 아주 제대로 살고 있어!"라고 말하고 여행을 업으로 삼게 된 것을 진심으로 감사하며 끊임없는 출장으로 여행을 다닐 때의 일이다. 여행을 통해 여러 국가 사람들과 교류하고 새로운 문화를 접하며 배우는 점도 많지만, 여행 그 자체로 인생에 커다란 교훈으로 다가오는 순간이 있다. 세계 여러 나라를 두루 둘러보며 출장을 가기 전에 나의 마음가짐도 달라지고는 했다.

아직도 나에게 가장 인상 깊었던 출장지는 화려한 휴양지가 아닌 캄보디아의 톤레삽 호수 빈민촌이다.

2006년의 여름, 캄보디아에서 있었던 일이다. 원래 패키지 일정에는 없었지만 당시 함께 갔던 손님들께서는 평소에도 해외 봉사활동에 관심이 많으셨던 분들이었다. 특히 김혜자의 『꽃으로도 때리지 마라』를 보셨던 분들이 톤레삽 호수의 빈민촌이 근처에 있다는 이야기를 듣고서 한번 방문해 보고 싶어 했다. 그래서 현지 가이드와의 조율을 통해 빈민촌에 가본 적이 있었다.

그 마을의 색은 온통 진흙색이었고 호수는 멀건 흙탕물이었다. 현지인들의 얼굴도 진흙같이 우중충해서 그 마을에 들어선 후에는 마을의 진흙색인 배경에 압도되어 조금은 으스스했다. 이런 곳을 찾아다니면서 봉사활동을 하는 김혜자 선생님은 정말 대단하다는 느낌이 들 정도였다.

우리 팀은 그곳에 간 김에 마을의 여기저기를 함께 둘러보았고 마을 수입에 도움이 된다고 하여 그 진흙이 출렁거리는 호수에서 배를 타기도 했다. 우리가 탄 배는 20명이 탈 수 있는 중소형 배였고 보기에는 허름해 보여서 손님들의 안전이 심히 걱정이 되었지만 손님 대표 분이 괜찮다고 하서서 배를 타고 호수 위에서 빈민촌을 둘러보기도 했다.

배 위에는 선장과 선장의 일을 돕는 똘똘하게 생긴 어린 남자아이 두 명이 있었다. 아이들이 맨발로 배위를 이곳저곳 뛰어다니며 닻을 조정하는 모습이 예사롭지 않았다. 체구와 키로 봐서는 6세쯤 되어보였지만, 그 눈빛만큼은 지칠 때로 지친 독기가 아른거렸다. 무엇이 저 아이들을 저토록 독을 품게 만들었을까? 나는 그 아이들을 보면서 잠시 마음이 짠했다.

진흙탕 호수 위를 우리는 중소형 배를 타고 나름 안정적이게 유람을 할 때쯤이었다. 나의 손님 케어에 대한 안정 불감증이 누그러지기 시작할 때쯤이었는데 찌그러진 커다란 세숫대야를 타고 한쪽 팔만 있는 작은 남자아이가 배 근처로 다가오는 것이었다. 그 아이는 한쪽 팔로 나뭇조각 같은 것으로 노를 저어가며 우리 배로 점점 가까워지고 있었다. 심하게 출렁거리는 그 위험한 모습은 위태로워 보였다. 그래서 나는 배 갑판 위를 자유자재로 뛰어다니는 배에서 일하는 한 아이에게 돈을 주고 그 아이에게 건네주라고 했다. 배에서 일하는 아이는 나의 뜻을 금방 알아차리고 배에 올라가 손을 뻗어 그 아이에게 돈을 건네주었다. 그런데 돈을 받은 세숫대야 속의 몸이 성치 않은 그 아이가 한 손으로도 나에게 합장을 하는 것이 아닌가! 그 아이는 하체 부분도 성치 않은 몸으로 보였다. 그 모습에 나는 너무 마음이 아파 그 아이가 뒤돌아서 돌아가는 다음에야 비로소 안전하게 육지로 잘 가고 있는지 바라볼 수 있었다.

그러고 나서 배위에서 일하는 기특하고 똘똘한 아이들에게도 상으로 돈을 조금 주었다. 어떤 사람들은 아이들에게는 돈을 주지 말라고 한다. 관광객들이 자꾸 돈을 주니까 부모들이 아이들을 관광객들에게 내몬다고 한다. 하지만 나는 수입이 없어서 당장 굶게 되거나 부모에게 혼이 날 아이들이 더욱 걱정되었다.

그러던 어느 날, 나는 돈을 거지에게 준 사건 때문에 크게 현지 가이드 선생님께 혼난 적이 있다. 가난한 나라의 유적지의 출구와 관광버스의 주차장 주변에는 늘 구걸하는 이들이 많이 있다. 이러한 구걸

하는 사람들을 한 번도 보지 못한 관광객은 아마 없을 것이다. 나는 손님들께 자유 시간을 드린 후 유유자적하게 홀로 유적지 관광을 마치고 출구를 나와 버스 주차장으로 돌아가던 중이었다.

갓난아기를 안고 있는 한쪽 팔과 다리가 없는 한 여인을 보고서는 도저히 지갑을 열지 않을 수가 없었다. 그 여인은 심지어 윗도리의 천이 거의 없이 너덜너덜해서 젖가슴이 훤히 나와 있었다. 나는 그 여인에게 얼마의 돈을 주고 싶었다. 그래서 가방을 열어 지갑을 찾았을 뿐인데 사건이 벌어졌다.

나는 잠시 가방에서 지갑을 꺼내느냐고 주위를 살피지 못했을 뿐인데 별안간 거지들 사이에 빙 둘러싸이고 말았다. 순간 나는 너무 당황스러워서 잠시 동안 나의 세계가 정지될 뻔했는데 그 순간 현지 가이드 선생님들이 뛰어와 나를 구해 주었다. 현지 가이드가 소리 지르며 오자 거지들은 어느새 또 눈 깜박할 사이에 사라졌다.(내 생각에 전세계 거지들은 현지 가이드와 버스기사 아저씨들을 몹시 두려워한다) 갑자기 나타났던 거지들도, 사라진 거지들도, 그리고 급하게 소리 지르면서 나를 도와준 현지 가이드들의 모습도 너무 순간적이어서 나는 그만 정신이 아찔해졌다. 분명 좀전에는 이 큰 길가에 그 여인과 아이 그리고 나뿐이었는데…….

"정 선생! 손님들에게 거지한테 돈 주면 큰일난다고 매일 알려야 해야 하는 가이드가 이런 짓을 하면 어떻게 합니까?"

나는 정말 그때 울고 싶었다. 그래도 마음속으로 그 여인에게 몇 푼의 돈을 건네지 못한 것이 너무 아쉬웠다.

이 사건 이후에는 현금을 주는 일이 두려워서 빈민국 출장을 가기 전에는 별다른 준비를 한다. 트렁크에 공책과 연필, 볼펜, 지우개 등 학용품을 준비하고 사탕을 많이 사둔다. 그리고 휴대용 가방에는 항상 볼펜 수십 자루와 사탕이 가득하다. 우리나라 볼펜은 빈민국의 애나 어른이나 최고로 좋아한다. 또 이 볼펜을 많이 챙기는 습관은 한국에서도 통하는 방법이다. 공항에서 단체 보딩을 할 때 항공사 직원에게 볼펜을 주면 너무 좋아하고, 내가 원하는 좌석을 팍팍 뽑아주기 때문이다. 항공 데스크에 있는 볼펜을 자꾸 여행 손님들이 가져가기 때문에 항공사 직원들이 곤란한 경우가 생긴다. 나는 이렇게 볼펜과 사탕을 챙겨 여행을 다니면서 따라다니는 동네 꼬마들에게 선물을 하나씩 나눠주고는 했다. 그리고는 그것이 인연이 되어 그 아이들에게 도움을 받은 적도 있었다.

어떤 해의 여름에는 북아프리카의 모로코에 갈 일이 자주 있었는데 한 달에 두 번씩 가게 되면 현지 아이들이 내 얼굴을 기억한다. 이 아이들이 나를 기억해준 덕분에 나는 도움을 톡톡히 받은 적이 있다. 모로코에서 관광코스로 페즈의 메디나인 옛 시장을 가는데 그 길이 마치 미로처럼 되어 있어서 모로코 현지 가이드가 있음에도 불구하고 옛 시장에 가려면 시장 가이드만 한 분을 따로 더 섭외를 하여 관광을 한다. 그러나 이렇게 만발의 준비를 함에도 불구하고 신기한 볼거리 구경에 나선 손님을 잃어버리는 일은 다반사다.

한 번은 옛 시장에서 관광 도중에 일행과 뒤처진 한 손님을 찾아 나는 혼자서 용감히 왔던 길을 되짚어가며 손님을 찾아낸 적이 있다. 그런데 그다음이 문제였다. 이 손님은 가이드인 나를 보고 무척이나 안도를 했겠지만 정작 나는 그다음이 무진장 깜깜했다. 이제 나는 어디로 가야할 지 생각하는 순간 자주 얼굴을 보았던 여자 꼬마 아이가 나를 먼저 알아채고 인사를 해준 것이다. 나는 그 아이에게 "우리 버스 어디 있는지 아니?"라고 물어보았고 그 아이는 나를 안전하게 우리 버스가 정차되어 있는 곳으로 데려다 주었다.

정말 아이러니하게도 나는 우리 버스가 있는 자리를 남에게 물어본 셈이다. 이럴 수가 있는 이유는 관광버스가 주차를 하면 동네 아이들은 그 버스와 가이드, 손님들의 위치를 파악해서 계속 따라다니기 때문이다. 그런데 그날따라 마땅히 그 여자 아이에게 건네줄 선물이 없었다. 내가 쓰던 메모장을 고마움의 표시로 주었는데 그 아이는 그것을 받고도 너무 좋아해서 오히려 내가 더 감사했다. 정말 사람이 살 일은 한 치 앞도 모르니 평소에 착하게 살고 볼 일이다.

모로코는 이렇게 나에게 정이 가면서도 마음이 아픈 여행지 중 하나이다. 이유는 그곳의 사람들의 삶이 너무 고단하기 때문이다. 모로코 여행 중 뺄 수 없는 곳이 페즈 메디나의 가죽염색 공장 테너리이다. 커다란 벌집 같은 수많은 구멍들에 담긴 형형색색의 염색 염료들은 '세상은 넓다'와 같은 텔레비전 프로에서 봤다면 나름 낭만적이고 예쁘게 보일 수도 있겠다. 그렇지만 그 염색 물감이 가득한 구멍 안에 들어가 맨몸과 맨손으로 천을 염색시키는 노동자들의 모습을 보고 있느라면 정말 '극한 직업'이라는 단어가 절로 떠오른다. 그 노동자들의 몸은 각자 자기가 맡고 있는 염료의 색에 따라 온통 노랗게 혹은 파랗게 물들어 있다. 게다가 그 염색공장은 들어가기만 하면 온갖 똥 냄새가 진동하여 손님들이 빨리 나가자고 재촉한다.

한번은 스페인, 모로코, 포르투갈, 연합 상품을 진행 중일 때의 일이다. 이베리아 반도인 스페인에서 아프리카 대륙인 모로코로 넘어갈 때는 지브롤터 해협을 관광버스에 탄 채로 페리를 타고 건넌다. 스페인에서 모로코로 들어갈 때부터 나올 때까지 우리 가이드들은 불법 이민자들를 예의 주시해야만 한다.

지브롤터 해협의 스페인 이민국은 난리도 아니다. 관광객들이 모로코에서 관광을 마치고 스페인으로 넘어올 때 버스에 몰래 아이들이 탑승하기 때문이다. 게다가 그 아이들이 탑승하는 위치는 버스의 엔진이 있는 부분이다. 기계들 사의의 작음 틈새도 비비고 들어가서 해협을 건널 때까지 버티는 것이다. 그러다 차의 열기와 밖의 온도 때문에 아이들이 죽어나가기도 한다고 했다. 때로는 버스 뒤 창문에 껌딱지처럼 찰싹 붙어 있을 때도 있다. 보고 있으면 너무 신기할 정도이다. 그럴 때 우리는 버스 안에서 기사가 전진 후진을 계속하며 아이를 떨어뜨리는 장면을 목격하기도 한다.

심지어 이런 일도 있었다. 모로코에서 스페인에 들어가기 전에는 항구의 근처 휴게소에서 점심 식사를 한다. 그 휴게소에서 관광객들은 맛있는 점심 식사를 하지만 버스기사는 마지막으로 버스를 다시 한 번 재점검한다. 이대로 불법 이민자를 싣고 스페인에 들어간다면 아무래도 좋지 않기 때문이다. 그날도 역시 버스 밑창에 숨어 있던 어린 남자아이를 발견했고 덕분에 원인 모르는 버스 고장으로 시동이 걸리지 않아 많은 시간을 지체해야 했다.

다음 코스가 육로 이동이라면 괜찮지만 페리나 기차, 비행기일 경우에는 인솔자가 참으로 곤란해진다. 만약 예약되어있는 시간의 페리를 놓치게 된다면 다음 차례 페리표를 일단은 내 사비라도 털어서 구매한 후 계속해서 다음 일정을 차질 없이 진행해야 하기 때문이다.

요즘 손님들은 너무 예민해서 일정표를 하나하나 꼼꼼히 살피고 만약 관광코스를 하나라도 놓친 경우에는 한국에 와서 컴플레인을 하기 때문이다. 그런데 이렇게 사비로 먼저 선결제를 하고 나면 호텔 비용이든 교통비든 인솔자는 회사에서 돈을 돌려받기가 매우 어렵다. 형식적으로는 청구 하나 돌아오는 경우가 거의 없다. 회사에서는 내가 쓴 금액을 돌려주는 대신 새로운 출장을 안겨 주며 대충 얼버무리기 때문이다.

그래서 나는 그날 그 아이가 너무 미웠다. 하필이면 나의 버스에 몰래 타서 나에게 이렇게 막대한 손해를 끼칠까? 하며 많이 속상해했다. 그 아이가 버스기사와 이민국 사람들에게 잡혀 두들겨 맞고 있는데도 나는 그날 '만약 새로 배표를 끊게 된다면 예상 비용이 얼마가 더 드는가?'를 머릿속으로 계산하고 있었다. 지금 생각해 보면 그 얼마나 비인간적인 행동이었는가?

최근에 집에서 한 다큐멘터리 프로그램를을 시청한 적이 있다. 여럿 중남미 국가들 특히 온두라스나 엘살바도르 과테말라 같은 곳의 아동들이 혼자서 미국에 밀입국을 시도한다는 내용이었다. 온두라스의 아이들은 화물 열차의 천장 윗부분에 몰래 탑승하여 수천 km를 비바람을 맞아가며 미국으로 달려온다. 도중에는 잠결에 열차 밖으로 떨어져 다리를 잃은 아이도 있고 심지어는 목숨까지 잃는다. 게다가 홀로 나선 여자아이들도 있다. 어린 여자아이들이 그 길고 먼 여정을 혼자서 출발을 한다는 것이 너무나도 놀라울 뿐이었다. 그렇게 홀로 미국으로 갈 수밖에 없는 이유 그리고 그녀의 부모들이 그 아이를 미국으로 보낼 수밖에 없는 이유는 '살기 위해서'라고 했다. 그래서 중남미 국가의 아이들은 목숨을 걸고 밀입국을 시도하는 것이다.

나는 이 텔레비전 프로그램을 시청하면서 나의 지난 스페인 출장을 생각해 보았다. 그때 우리 버스에 몰래 타서 밀입국을 시도했던 그 남자아이는 맞고 있을 때 내가 말려주지 않아서 얼마나 원망스러웠을까? 나는 정말 그 당시에는 그 아이들이 왜 그토록 유럽으로 불법이민을 가려 하는지 그 입장을 전혀 헤아리지 못했었다. 다시 한 번 그때의 일을 생각하면 그 아이에게 너무 미안해지고 가슴이 먹먹해온다.

여행은 삶에 있어서 전체였던 나 자신을 지구촌의 한 일부분으로 되돌아보게 해주는 역할을 하기도 한다. 이렇게 겸손과 배움의 기회를 주는 여행은 이십 대의 청년기에 많이 경험해 보면 좋을 것 같다.

실제로 방학 때 계획을 세우지 못하고 어떻게 보내야 할 지 모르는 학생들에게 방학 중 한 달은 아르바이트를 통해서 여행경비를 벌게 하고 다음 나머지 한 달은 경비에 알맞게 가까운 중국이나 동남아 여행을 가도록 권장한다.

여행을 다녀온 학생들이 다음 방학의 계획을 더욱 알차게 계획하고 보낸다던지 아니면 방학뿐만 아니라 인생의 더 큰 계획들을 구상하고 실천해 나가는 모습을 보게 되면 여행은 역시 어느 훌륭한 스승의 말보다 더욱 능력 있는 인생의 촉진제임을 느낀다.

# 새롭게 커리어 전환하기

**나는** 궁한 처지로 인해 계속해서 내가 해야 할 일을 찾아내야 했다. 그런데 더 이상 비전이 보이지 않을 때 내가 변해야겠다는 결심이 들었다. 그래서 나는 여행업을 떠나 면세점으로 이직을 했다. 사스도 견뎌낸 내가 결국 회사를 떠난 이유는 A투어가 회장님이 바뀌는 바람에 계열사였던 우리 TC회사와는 별개의 회사가 되었다.

그 바람에 회사가 사정이 잠시 어려웠던 것 같다. 속사정이 궁금했지만 사회 초년생인 내가 물어볼 수는 없었다. 그 와중에도 회사를 지켰던 것은 우리 동기들과 몇몇 선배들뿐이었다. 다들 일찌감치 회사의 기운을 읽어내고 회사에 나타나지 않았다. 대부분의 동료들은 아르바이트를 하면서 다른 여행사의 TC로 재취업을 했다. 최근 몇 년 동안 몇몇의 동기와 선배들이 회사를 재설립했고 예전의 명성을 되찾았다고 하는데 그들에게 열렬한 응원을 보낸다.

첫 직장에서 흐지부지하게 나온 후로는 더 이상 여행사에 들어가고 싶지 않았다. TC의 계획적이지 못한 삶이 불안했다. 주변 여행사에서 OP로 들어오라고 제의를 받았었지만 TC로서 제법 돈을 만져보다가 신입 OP가되어 적은 월급을 받는 일은 그다지 끌리지 않았다. 여행 업계의 사무직 보수는 굉장히 짜기로 유명하다. 게다가 나의 성향은 MBTI를 해보신 분들은 알겠지만 ENFP인 바로 스파크형이다. 절대로 사무실에서만 하루종일 앉아서 하는 일은 하지 못한다. 차라리 하루 종일 서서 하는 일은 할 수는 있다. 그래서 나는 그동안 공항을 지나다 닐 때마다 눈독을 들여놨던 면세점으로 재취업을 결심했다.

중국어 구사 능력은 강력한 무기다. 중국어뿐만 아니라 모국어 이외에 다른 언어를 구사할 수 있는 능력은 정말 인생을 살아가는데 있어서 아주 큰 도움이 된다. 나는 중국어 실력으로 어렵지 않게 인천 공항의 S면세점에 취업할 수 있었다. 첫 세 달 동안은 장난감 가게에서 적은 월급을 받고 수습사원으로 일했지만, 일하다 보니 좋은 조건의 업체로부터 제의를 받기 시작했다. 나의 초봉 제의는 최소 250만 원이었다. 게다가 꿈에 그리던 정규직이었다.

내가 면세점에서 눈에 띄게 된 계기는 공항에서 뛰어다녔기 때문이다. 공항에서 일하는 유니폼을 입은 직원은 절대로 뛰어선 안 된다. 그러나 나는 그 금기를 어긴 것이다. 나의 일터는 신청사였는데 구청사에서 유니폼을 갈아입고 신청사로 가려면 내 짧은 두 다리로는 늘 뛰어야만 했다. 그래서 '뛰어다니는 애'로 유명했다. 한 번은 멀리서

다가오는 지배인님이 너무 반가워서 뛰어가서 인사를 했더니 지배인님이 웃으시면서 제발 뛰지 말라고 간곡히 부탁을 했다. 그 이후로는 나는 뛰지는 않고 엉덩이를 씰룩거리면서 빠른 걸음으로 다녔다.

그때를 회상해보면 첫 한 달 정도는 다리가 많이 아파서 고생했지만 그 이후로는 곧 적응했다. 하루에 6시간 이상을 서서 일하는 것은 다리와 허리에 많은 무리가 따른다. 그래도 일이 재미있으면 신체적 고통은 쉽게 잊혀졌다. 특히 외국인을 상대한다는 것이 흥미로웠다. 아무래도 적성에 맞는 일을 아주 잘 찾았다고 여겼다. 그리고 무엇보다도 다달이 나오는 월급에 감사했다.

무엇보다도 가장 큰 무기인 중국어가 내가 살아있음을 느끼게 해주었다. 당시 신청사는 중국 고객분들이 많이 있었는데, 기존의 선배님들은 대부분 일본어 전공자들이었다. 그래서 나는 이집 저 집 돌아다니면서 남의 집 물건을 곧잘 팔아주었고 선배님들의 귀여움을 독차지할 수 있게 되었다. 사실 어릴 적에 집에서 가게를 했다. 그때부터 장사의 노하우를 온몸으로 체득한 셈이다. 나는 누가 알려주지 않아도 동네 사람들에게는 물건 값을 싸게 주고 뜨내기 손님들에게는 배로 받았다. 면세점 선배님들과의 인연으로 나는 돈이 급할 때마다 한두 달씩 단기 아르바이트를 면세점에서 할 수 있게 되었다. 나는 서러운 계약직 '을' 신세에서 이제는 일하고 싶을 때만 일을 하는 계약직 '갑'이 된 셈이다.

나는 면세점에서 일하면서 인생의 귀감이 되는 좋은 선배들을 많이 만났다. 면세점 일은 다른 직종에 비해서 시간 조율이 가능하다. 그래서 일하면서 대학원에 다니는 선배들도 있었다. 꼭 학위를 받기 위한 공부뿐만이 아니라 자신의 자기계발을 꾸준히 하는 분들이 많았다. 사실 나는 직장에서 온 열정을 불태우고 집에 오면 잠만 자는 스타일이라 내 동생은 나를 보면 늘 게으르다고 구박한다. 이런 내가 면세점 선배님들을 보면서 느끼는 바가 많았다. 그리고 기회가 되면 다시 공부를 해야겠다고 다짐했다.

지금은 비록 간단한 회화 수준의 중국어를 구사하지만 중국어를 학문적으로 제대로 공부해 봐야겠다고 결심했던 계기가 되었다. 면세점에서 일하는 분들은 아무래도 외국어에 관심이 많고 성격이 활달하다 보니 삶에 대한 처세가 아주 유연한 분들이 많았다. 그들은 각자 자신의 삶에 자신만의 기준과 속도를 정하며 살았다. 무엇보다도 행복해 보였고 늘 자신감이 넘쳤다.

해외여행 자금을 모으기 위해 잠시 일하는 분들도 계셨고, 다른 나라로 이민을 가기 위해 혹은 어학연수를 위해 잠시 동안 일하는 분들이 많았다. 그분들의 시야는 그야말로 국제적이었고 이 일터는 자신들의 꿈을 위한 발판이었다. 물론 결혼을 해서 안정적인 가정을 꾸리고 직장생활을 유지하는 분들이 더 많이 있다. 나는 면세점에서 다양한 외국 손님을 만나고 다양한 선배들과 대화를 통해서 긍정적인 에너지를 내뿜을 수 있었다. 물론 일하는데 어려움이 전혀 없었던 것은 아니다. 너무 힘들었을 때는 이런 적도 있다. 공항에서 오고 가는 수

많은 여행객들을 보며, 무빙워크를 타고 나와 반대편에서 오는 웃는 얼굴의 여행객의 얼굴을 스치며 이런 생각을 하고는 했다.

'당신은 행복한 여행객, 나는 우울한 노동자!'

이 말을 면세점 동료들에게 해주면 웃음이 아주 빵 터지곤 했다.

또 한 가지 면세점 선배님들께 감사한 점은 선배님들께서는 신입 직원을 뽑을 때마다 나의 추천으로 내 후배들을 채용해준다. 그래서 지금도 많은 후배들이 공항에서 일하고 있다. 후배들도 일터에서 인정받고 나아가 또 다른 후배들도 이끌어 줄 수 있는 선배가 되기를 바란다.

여행사에서 면세점으로 이직했던 이일은 나의 후배들의 이직 상담을 할 때 도움이 되곤 한다. 나의 실제 경험했던 일화를 들려주니 비전이 없는 회사는 결단력 있게 관두고 새 삶을 시작한 친구들이 나를 다시 찾아와 고마워한다.

특히 나와 비슷한 상황인 전 회사가 가망이 없거나 2, 3개월 이상 월급이 밀려 나오지 않을 경우 재빨리 다른 회사를 알아보거나 새롭게 살 길을 모색해야 한다. 월급 밀리는 회사는 가망이 없다. 결국은 망하게 되어 있고 2, 3개월 못 받은 월급은 어느덧 1년 치로 늘어나 자신의 생활마저 어려워진다.

사장이 정말로 직원을 가족같이 여긴다면 망할 회사가 아니라면 사장은 직원들에게 비전을 제시하고 직원을 잡아두었을 것이다. 적어도 기다려 달라고 말했을 것이다. 그렇지만 답답하게 아무 말도 없는 형편이 안 좋은 회사들은 폐업 준비를 조용히 하고 있다는 사실을 알아야 한다.

회사는 망하기 전에 절대로 직원들에게 폐업할 거라고 말해주지 않는다. 소위 높으신 분들은 자기 몫은 다 챙겨나간다! 우리는 비전이 보이지 않는 일터에서 우리의 청춘을 낭비할 필요가 없다. 아무리 아픈 청춘이라도 청춘은 다시 돌아오지 않으니까!

# 어느 날 갑자기 찾아온
## 죽을 고비


내가 20세가 되던 해부터 29세까지 우리 가족들은 크고 작은 병으로 대학병원에 자주 입원했다. 동생은 3번의 골절 수술과 1번의 위 수술 그리고 엄마는 교통사고로 인한 소장 봉합 수술 그리고 할머니는 3번의 골절로 수술을 했고 그 외의 크고 작은 병치레로 대학병원의 문을 닳도록 드나들었다.

때로는 이렇게 가족들이 아픈 데는 가족 내력처럼 생각되기도 했다. 가족들은 신병으로 자주 아프거나 사고가 났다. 할머니는 16세 때부터 신내림이 왔다고 했다. 그러나 집에서 필사적인 반대를 했고 우리 할머니 본인도 원치 않았기에 신을 정식적으로 받지는 않았다. 할머니는 내가 어릴 적 살던 시골 마을에서는 아픈 아이들을 많이 고쳐주고는 했다.

할머니는 신을 인정하신 듯했다. 그리고 같이 살아가는 방법을 택했다. 그러나 자신의 대에서 끊기길 간절히 바라셨다. 그러던 와중에 나 또한 할머니의 영향을 받은 듯하다. 그래서 엄마는 어릴 적부터 나를 특별히 주의시켰다. 어릴 적에는 주로 할머니와 집에서만 놀았다. 또한 할머니와는 대화가 잘 통했다. 대화의 화제나 주제가 보통 사람들은 이해할 수 없는 부분도 있었다. 덕분에 일찍이 나를 스스로 통제하는 법을 저절로 터득했다. 그래서 사람들은 종종 나에게 '애늙은이'라고 했다. 그러기에 텔레비전에 가끔 어린 나이에 신을 받는 아기무당들을 보면 정말 마음이 찢어질 듯이 아프다.

할머니는 우리 엄마를 제외하고 딸 1명과 아들 2명을 먼저 앞세워야 했고 우리 집은 사업 실패 이후에 계속되는 교통사고와 병치레로 가족들의 몸과 마음은 지칠 대로 지쳐갔다. 그래도 우리 엄마와 나는 버텼다. 그런데 내가 뇌출혈로 쓰러지게 되었다. 사실 내가 쓰러진 이유가 신병인지 나의 과로 탓인지는 모르겠다. 그렇지만 이 세상의 모든 일은 한 가지 이유만으로는 발생하지는 않는다.

면세점에서 근무할 때 나는 더 많은 돈을 벌고자 자주 다른 동료들과 근무 시간을 조정해 주었고 휴가도 한번 안 쓰고 그저 일만 했다. 특히 크리스마스나 설날, 추석 같은 휴일에는 다른 직원들 대신에 무조건 일했다. 연휴라고 해서 나에겐 별다른 특별한 날도 아니었기 때문에 흔쾌히 동료들에게 휴일을 양보하며 인심도 얻을 수 있었다. 쉬는 날이 없이 일을 하다 보니 3일씩 잠을 제대로 자지 못하는 날도 있었고 과로에 피로가 쌓였던 것은 사실이다. 과유불급으로 나의 욕심과 열정이 내 체력을 지나쳐 버린 셈이다. 하지만 아직 창창한 나이였기에 내 정신력이 체력을 버텨낼 수 있을 거라고 믿었다.

사실 쓰러지기 일주일 전부터 전조증상이 있었지만 나는 잠을 잘 못 자서 자꾸 헛구역질이 나거나 머리가 아픈 걸로 오인했었다. 이렇게 바쁘게 살아가던 어느 날 새벽이었다. 아침 근무라서 일찍 일어나야 했었는데 꿈에서 놀라 더욱 일찍 깨버렸다.

내가 인천공항의 어느 큰 기둥에 등을 기대고 앉아 다리는 오므리고 두 손으로 끓어 안고서 지나가는 수많은 사람들을 구경했다. 그런데 갑자기 어깨가 너무 무거워지는 것이었다. 점점 그 무게는 두려울 만큼 이상하게도 무거워져서 뒤를 돌아보니 한 여자가 내 등에 올라타서 나를 짓누르고 있는 것이었다. 나는 너무 놀라서 잠에서 깨어났다. 꿈에서 본 여자는 비록 아는 사람의 모습으로 나와도 그냥 귀신일 뿐이다. 이 꿈은 나를 너무 불안하게 했다.

그날은 뒤숭숭한 꿈자리 덕분에 회사에서 특히 실수하지 않으려고 노력했고 무사히 일을 마치고 퇴근 셔틀버스에서 내렸다. 그리고는 버스 정류장에서 집에 가는 버스를 기다리는데 갑자기 내 온몸의 피가 머리 위로 쏠리는 압력을 느꼈다. 그렇게 나는 죽음의 공포를 느꼈다. 태어나서 처음 겪는 고통이었다. 나는 그만 주저앉아서 고통을 토로하며 악하고 소리를 질러댔다. 이렇게 죽는 것 같았는데 한 아주머니가 택시를 태워주셨다. 나는 택시를 타고 응급실로 갔다. 응급실에 도착을 해서도 나는 고통에 진정할 수가 없었다. 진통제를 맞고 겨우

잠이 들었다.

깨어나니 나는 중환자실에 누워 있었다. 뇌출혈이란다. 그렇게 나는 중환자실에서 오랫동안 누워 있었다. 중환자실에 있을 때 눈을 깜박거리는 것을 제외하고는 온몸을 움직일 수가 없었다. 음식도 간호사가 먹여주고 대소변은 기저귀를 사용했다. 그때 엄마는 내 성격에 혹여 반신불수라도 된다면 자살이라도 할까봐 무척 걱정되었다고 했다. 그래서 늘 살겠다고 엄마를 안심 시켜드렸다.

그러던 어느 날 꿈속에서 저승사자를 만났다. 나는 무조건 도망을 쳤다. 도망을 가다 보니 점점 내 과거 속으로 흘러 들어갔다. 어느새 나는 어린아이가 되어 있었고 어린 시절에 살던 동네를 지나 뒷산까지 힘겹게 도망을 갔다. 그러다 문득 오기가 들었다. 아직 내가 죽기에는 억울했다. 힘들게 도망가는 나 자신이 너무 억울했다. 그래서 나는 저승사자가 있던 곳으로 다시 되돌아갔다.

만나서 나는 살아야겠다고 당당히 말하고 한판 붙어야겠다는 심보가 생겼다. 그런데 다시 되돌아온 그 자리에 그는 가고 없었다. 날 두고 그냥 간 것이다.

# 병상에서
# 공부를 시작하다

**뇌출혈로** 쓰러져 한창동안 입원 생활을 할 때의 일이다. 어느 날 갑자기 걸을 수 있을 것만 같은 느낌이 들었다. 그리고 침대 밑으로 다리를 뻗어 땅을 디뎠다. 그 이후로는 병세가 빨리 호전되어 일반 병실로 옮겨질 수 있었다. 중환자실에 있을 때는 너무 끔찍했다. 내가 있던 병동의 환자들은 아주 중증 뇌혈관계 질환자들이었고 머리와 뇌를 크게 다친 사람들이 있던 곳이었다. 그런 사람들의 병세가 금세 좋아질 리는 없었다.

내가 아픈 것보다도 주변 사람들의 병세 악화와 결국 죽어나가는 모습을 옆에서 보고 있는 일은 아주 죽을 맛이었다. 하루빨리 그곳을 벗어나고 싶었다. 일반 병실로 옮겨지고 몸도 이제 움직일 만하니 앞으로의 일을 걱정하지 않을 수 없었다.

그러나 나는 이미 지난 일은 생각하지 않는 아주 쿨한 성격의 소유자이다. 지난 것은 어쩔 수 없기 때문이다. 나는 앞으로 주어진 시간을 어떻게 사용할 지 고민하다가 결국 편입 공부를 결심했다. 병이 호전되어 퇴원을 하고 집에서 요양할 때도 아직 말하는 것이 상당히 어눌했고 걷는 것이 힘들었다. 이대로 바보가 되어 세상에 도태될까봐 너무 두려웠다. 그런데 편입 영어 공부를 하면서 뇌를 자꾸 사용해서 그런지 상태가 좋아지기 시작했다. 아마 지금 나를 만나는 사람들에게 내가 뇌출혈 병력이 있다고 하면 깜짝 놀랄 정도로 건강을 회복했다. 처음에는 연필을 잡고 한 단어를 쓰는 일 조차도 버거웠는데 점점 건강해져서 공부에 열중할 수 있었다. 가끔 사람들이 어쩜 그렇게 빨리 뇌졸중의 후유증을 극복했느냐고 물어보는데 내 대답은요? '공부하세요!' 다.

나는 그동안 너무 앞만 보고 달려왔다. 어차피 아파서 돈벌이를 하지 못 하는 김에 그동안 숙명처럼 미뤄왔고, 너무 하고 싶었던 공부를 다시 하기로 마음먹었다. 뇌출혈로 아팠던 일로 세상에 또 뒤쳐지고 있다는 생각을 저버리고 전화위복으로 삼으려고 했다.

그런데 편입 영어는 만만치가 않았다. 평소 일상생활에서 쓰지 않는 전문용어가 난무했기에 공부가 쉽지 않았다. 게다가 편입의 문은 좁디 좁았다. 그래서 나는 작전을 세웠다. 편입영어와 토익을 함께 준비했고, 다행히도 나는 학교의 명성을 따지는 그런 사람이 아니라서 4년제 어느 대학의 중국어과이기만 하면 원서를 다 넣을 요량이었다.

시험 날짜가 겹치지 않으면 대부분의 학교에 원서를 넣었다.

보통 편입은 전적 대보다 학교의 네임 밸류를 높이려는 목적이 있다고들 한다. 그런데 나는 그냥 4년제 대학에 가서 공부를 하고 싶었다. 사실 네임밸류 보다는 집에서 가까운 곳이어서 통학이 편했으면 좋겠다는 바람을 했다. 사실 서울대나 연대, 고대를 빼고는 어느 대학이 일류이고 좋은 지도 모르는 무지도 있었고 학교의 이름 따위는 그렇게 중요하지 않다는 생각도 들었던 것은 사실이다.

그냥 내가 무언가를 계속하고, 오늘보다는 내일의 내가 더 발전적인 인간이 되기를 노력할 뿐이었다. 나는 언제부터인가 세상의 정해 놓은 가치와 순서, 속도를 따라가지 않았다. 솔직히 그러고 싶어도 그럴 수가 없었기에…… 하지만 세상의 속도를 따라가지 못했다고 계속 좌절만 했다면 나는 아마 그 자리에서 뱅뱅 돌기만 하는 제자리걸음만 하고 있었을 것이다.

한 친구에 대한 이야기를 하겠다. 이 친구는 나와 고등학교 때의 절친으로 서로 집안 형편이 어려워서 의지하고 지냈던 친구이다. 고등학교를 비슷한 성적으로 졸업하고 비슷한 2년제 대학을 나온 나의 이 친구는 29세 나이에 인천 남동공단의 한 공장에 아르바이트로 일을 하러 다닌다.

이 친구는 스무 살 적에 나와 함께 공장에서 아르바이트를 했던 경험이 있다. 공장에서 일하는 것이 나쁘다고 말하려는 것이 아니다. 우리가 20대 초반에 공장에서 아르바이트를 했었는데 여전히 지금도 공장에서 아르바이트를 하며 생활하는 것은 조금은 문제가 있다고 여겨질 뿐이다. 이젠 우리도 29세의 적지 않은 나이이기 때문이다.

나는 그 친구가 너무나 안타까워서 회사를 두 번이나 소개 시켜 준 적도 있었다. 한 번은 국내 여행사이었고 두 번째는 면세점이었다. 그러나 그 친구는 두 회사에서 모두 잘렸다. 심지어 그 두 회사와 나의 관계마저 위태로워질 뻔했었다. 그 이후로는 사람을 소개하는 일이 두려워지기도 했다.

지난 9년 동안 친구의 삶이 전혀 변화가 없었던 이유는 그 친구는 항상 자신의 상황을 무지 억울해하는 습관이 있다. 그리고 우울하다고 자주 말한다. 그러나 정작 자신의 삶을 변화시킬 만큼의 노력은 잘 하지는 않는다. 그리고 너무 자주 세상의 기준과 잣대에 자신을 비교한다. 제발 더 이상 그러지 않았으면 좋겠다. 세상의 성공 기준과 나 자신을 비교한다면 이 세상의 그 어느 누구 하나라도 우울해지지 않을 사람은 없다.

우리는 20대 초반에 똑같은 꿈을 꾸었고, 사년제 대학에 가고 싶었고, 멋진 여자로 인생을 탈바꿈하여 멋진 인생을 살고 싶었다. 우리 둘 다 대학에 진학할 당시에는 4년제 대학에 입학할 만큼 집안 사정이 그리 녹녹치 않았기 때문이다. 그래서 편입은 우리의 잦은 화젯거리였다. 그런데 막상 "편입을 할까?"하고 물으면 늘 그 친구는 최고의 명문 대만을 입에 올리고는 쉽게 포기해 버리곤 했다. 그 친구가 말하기를 편입을 하려면 연대, 고대, 성대 정도는 가야 하고 다른 곳은 갈 필요가 없다고 말했다.

그러나 내 생각은 달랐다. 아무 대학이라도 4년제이기만 하면, 나를 받아준다면 그곳이라도 나와야겠다는 생각을 했다. 그래야 내 인생이 조금이라도 변화가 있을 것 같았다. 전문대 졸업생으로 계속 이렇게 살기에는 너무 싫었다. 나는 편입 공부를 할 때 아침 6시부터 저녁 9시까지 영어 공부를 했다.

드디어 단국대 천안캠퍼스 중국어과에 입학할 수 있었다. 정말 내 느낌이 옳았다. 편입하고 나니 만나는 친구, 선배, 스승님의 폭의 훨씬 다양해지고 넓어졌으며, 내 인생이 변화되고 있음을 느끼게 해 주었다. 내가 지금 까지 제일 잘했고 자랑스러운 일이 바로 단국대에 편입해서 지속적으로 중국어를 공부하는 것이다.

# 하늘이 내게 준 선물,
## 훌륭한 스승

**관포지교** (管鮑之交) 나를 낳아준 이는 부모이지만, 나를 알아준 이는 포숙아다'로 유명한 옛날 중국의 관중과 포숙처럼 친구 사이가 다정함을 이르는 말로써 친구 사이의 매우 다정하고 허물없는 교제 사이를 말한다.

사마천의 사기는 본기, 세가, 열전 이렇게 나눠진다. 그중 사기열전은 관중과 포숙아의 이야기로 시작된다. 관중은 '나를 낳아준 것은 부모이지만, 나를 알아준 이는 포숙아라고 말했다. 이 이야기를 읽으면서 도대체 얼마나 나를 잘 알아주는 사람을 만났기에 이렇게 부모와 비교하는 문장을 썼을지 생각해 본 적이 있는데 나는 정말로 그런 분을 만났다. 바로 임경희 교수님이다.

교수님 소개를 간단히 하자면 임경희 교수님은 지금 나의 논문 지도 교수님이자 단국대학교 천안캠퍼스 중국어과 학과장님이다. 그런데 내년이면 정년퇴임을 한다. 내가 단국대 중국어과에 편입을 했을 당시 교수님은 우리 학교에 안 계셨다. 연구년으로 미국에 가서 계셨다고 했다.

나는 편입을 하고 두 학기 동안이나 학점을 아주 제대로 낙제했다. 학사경고 편지는 너무 친절하게도 집으로 직접 우편으로 배달되었고, 우리 엄마는 내가 F학점을 아주 많이 받았다고 성적이 재미있게 나왔다고 말씀하셨다. 우리 엄마도 모전여전으로 쿨한 성격이다. 나 역시 별로 대수롭지 않게 여겼다. 그런데 다음 학기도 역시 학사경고를 받았다.

나는 편입해서 공부를 열심히 하고 싶었다. 그런데 역시 나는 편하게 살 팔자는 아니었나 보다. 내가 편입한 첫 학기 2011년에는 엄마가 고속도로에서 8중 충돌 교통사고를 당해 대학병원에 입원해 수술을 받았고, 이틀 후에는 동생이 위 수술을 받았다. 중간고사가 시작될 즈음 연달아 터진 사건들 이후로 두 사람의 병 수발을 하느라고 학교에 가지 못했고 전부 F학점을 받았다.

그리고 다음 학기에는 정말로 공부를 열심히 하고자 했다. 그런데 나 역시 인간인지라 단국대 학생들과 나 자신을 비교하기 시작했고 나는 우울하다 못해 무기력해지고 나태해졌다. 나는 나름 전적대에서 에이스였다. 그리고 중국어로 그동안 밥 벌어먹고 살았다. 그런데 이곳에서 나는 정말 보통 수준에 그쳤다.

편입은 보통 3학년으로 하는데 2학년 때 우리 학교 학생들은 중국에 어학연수를 다녀온다. 3학년 학생들의 실력은 회화는 당연히 뛰어날 뿐더러 학문적인 수준은 내가 감히 따라잡기 어려울 정도였다. 심지어 타과생들조차도 요즘은 중국 어학연수는 기본이었다. 나는 또 세상의 잣대에 나를 비교하기 시작했고 내 마음가짐은 흐트러졌다.

정신이 흐려지니 역시 몸에 바로 신호가 왔다. 뇌출혈로 쓰러진 이후에 제대로 된 요양을 못하고 편입준비다 뭐다 서둘렀고, 엄마와 동생 병수발에 지쳐 있었던 나는 또 미세한 뇌출혈이 있어 병원에 입원하게 되었다. 그래서 또 학교에 못 갔다. 이때 입원해 있으면서 나는 4년제 대학교와는 인연이 없나? 하고 고민을 심각하게 해보았다. '내 팔자에 돈이나 벌며 살아야지, 무슨 공부 타령인가?'하고 말이다.

그러던 어느 날 나는 임경희 교수님의 호출을 받았다. 아마도 학점 불량 때문일 것 같았다. 아마도 두 번 씩이나 학사경고를 받는 학생은 드물 것이다. 나는 혼이 날까봐 두려워 교수님의 방문을 두드리는 것이 너무 어려웠지만 어느 순간 교수님 앞에서 그동안 내가 살아왔던 설움을 토로하며 한바탕 울고 있었다.

나는 원래 내 이야기를 남들 앞에서 못하는 성격이다. 그냥 나는 이렇게 살아왔고 내 이야기는 보통 사람들이 이해하지 못할 것 같았기 때문이다. 그랬기에 나는 항상 밝게 웃고 있어도 마음만은 늘 아팠다. 내 상처는 치유되지 못한 채 늘 그 자리에 고여 있었으니까. 그런데 역시 고인 것은 퍼내어야 한다고 내 마음속의 이야기를 다 털어내고 나니 이상할 만큼 기분이 좋았다. 그리고 더 이상 나는 무당 딸인 것이 창피하지 않았다. 교수님은 포기하지 말고 학교에 다시 나오라고 말씀하셨다. 교수님은 이렇게 첫 만남부터 따뜻한 사람이었다. 교수님의 "학교 포기하지 마!" 이 한마디에 나는 학교에 갈까 말까 별다른 고민 없이 다음 학기를 또 등록했다.

하루는 너무 추운 날이었다. 나는 복도에서 떨면서 다음 수업 시간을 기다리며 빵을 먹고 있었다. 뇌출혈로 쓰러진 이후에 추운 날이면 나의 말초 신경들은 말을 제대로 듣지 않고 손과 발에 쥐가 나거나 이리저리 뒤틀린다. 그날도 빵을 먹다가 이리저리 뒤틀리며 저려오는 손을 펴며 주물러 주고 있었다. 그 모습을 본 교수님은 앞으로 쉬는 시간에 교수님 방에 와서 쉬고 공부도 하라고 배려해 주셨다. 아무래도 뇌출혈로 쓰러진 이후로는 보통 사람들처럼 건강하지는 못했다. 공강 시간에 나의 저질 체력으로는 건물을 오가며 도서관에 가는 일은 무지 피곤했다.

교수님 방에는 정말 큰 회의용 탁자가 있다. 나는 처음에는 문에서 제일 가깝고 교수님에게는 가장 먼 끝 자리에 앉아 공부도 하고 책도 보았다. 그러다가 나중에는 늘 교수님 옆자리에 콕 붙어 앉았다. 자연스레 교수님과 이런 저런 이야기를 나누며 수다도 떨고 재밌게 시간을 보내는 일이 많아졌다. 교수님은 그냥 내 이야기는 뭐든지 다 잘 들어주셨다. 나는 그 전날 본 드라마 내용조차도 교수님 앞에서 허물없이 이야기했다. 교수님도 너무 '쏘 쿨' 한 분이기에 가능한 일이다.

우리 학교는 주변에 식당이 마땅하지가 않아서 나는 점심을 대충 학교 매점에서 때우곤 했는데 우리 학교에 출강하는 다른 교수님들께서도 마찬가지였을 것이다. 그래서 임 교수님께서는 출강 나오는 외래강사분들을 위해 늘 본인의 연구실을 개방하시고 아침마다 점심을 손수 준비해 오셔서 커다란 회의용 탁자에 차려 놓으신다. 그러면 시간이 되는 사람들은 각자 자신의 점심시간에 교수님 연구실에 와서 점심 식사를 하신다. 아침마다 손수레에 밥과 반찬을 싣고 오는데 간단히 때우기 용이 아닌 늘 진수성찬이었다. 그래서 나는 교수님 밥을 늘 '생일 밥'이라고 불렀다. 그렇게 언제부터인가 나도 교수님들 틈 사이에서 점심을 먹는 학생이 되었다.

교수님은 메뉴에 상당히 신경을 쓰신다. 건강에 좋은 음식을 내가 먹기를 바라셨고 내가 컵라면이나 김밥을 먹는 것을 꼭 제 자식이 먹는 것처럼 싫어하셨다. 그리고 밥은 늘 현미밥이다. 이것이 바로 임 교수님의 몸매 유지 비결인 듯하다. 언제부턴가 나는 교수님 밥을 '엄마 밥'이라고 불렀다. 언제부턴가는 정말 엄마같이 느껴지기도 하고 방과 후에는 교수님과 헤어지기도 싫었다. 또 실제 엄마처럼 메뉴 주문도 가능했다. 한 번은 그냥 내가 육개장이 먹고 싶은데 우리 엄마는 어려운 건 귀찮아서 안 해준다고 하소연을 한 적이 있었다.

그런데 그 다음 날 직접 소고기를 끊어서 손수 육개장을 만들어 오셨다. 게다가 뚝배기까지 준비하셨다. 좋은 음식에 항상 그릇이 마음에 안 드셨다고 하시면서……. 나는 그날 먹었던 뜨끈한 육개장 맛을 잊을 수가 없다.

교수님은 또 언제부턴가 점심 반찬에 내가 좋아하는 것을 항상 한 가지씩 더 만들어 오셨고, 간식도 사오셨다. 내가 과자와 빵을 먹는 걸 싫어하셔서서 자제 시키시면 서도 내가 하도 과자류를 사먹으니까 연구실에 아예 사다가 놓으셨다. 그래서 교수님 연구실의 캐비닛은 늘 나의 보물 간식 창고였다. 나는 수업을 듣다가도 배가 고프면 교수님 방에 뛰어가서 간식을 꺼내 먹고는 했다. 그래서인지 나는 또 언제부턴가 이상하게 학교 가는 게 아주 즐거워졌다.

나는 수업이 없어도 늘 일찍 교수님 방에 가서 놀았다. 사실 교수님은 나에게 연구실 열쇠를 주셨다. 그래서 나는 여름에는 시원하게 겨울에는 따듯하게 교수님 방에서 생활했다. 아주 특급 대우를 받은 셈이다.

나는 교수님이 나를 보는 눈빛이 너무 좋다 교수님은 나를 따듯하게 바라보신다. 그리고 나는 사랑받고 있다고 느낄 수 있다. 교수님은 단 한 번도 나에게 공부하라고 잔소리를 하신 적이 없다. 공부는 다 때가 있다고 하셨다. 나도 그때를 느끼면 공부를 저절로 하게 될 거라고 말씀하시곤 했다. 심지어 시험 기간이었다. 다음 날 시험이 있었는데 나는 그날따라 교수님과 대화하는 것이 너무 즐거워서 교수님과 헤어지고 싶지가 않았다. 그래서 강의가 끝난 후에 카페에 가자고 졸랐다. 그리고 그날 우리는 밤 12시까지 대화를 나누었다. 내가 무슨 말을 해도 재밌게 들어주는 사람 그리고 마음이 통하는 윗사람을 만나기는 정말 힘들다.

나는 항상 외국 서적을 읽으면서 특히 '나의 라임 오렌지 나무'에 나오는 할아버지의 사이처럼 나와 소통이 가능한 어른은 왜 없는지 고민한 적이 있다. 아마도 우리나라와 같이 예의범절을 따지는 유교 심리가 있는 국가에서는 어려울 것만 같았다. 그런데 웬일! 나는 내가 바라던 영혼의 베스트 프렌드를 만났다.

사실 처음에는 교수님 같으신 훌륭한 분이 나 같은 아이에게 관심을 보여 주시고 따뜻하게 대해 주는 것에 감동을 받았었다. 그런데 교수님은 누구에게나 친절하시고 베푸신다는 걸 알게 되었다. 나에게만 특별한 것이 아닌 다른 후배나 제자들도 아낌없이 챙겨주셨다. 그것을 알게 된 날 이후부터는 나도 교수님처럼 되고 싶었다.

게다가 교수님은 인품도 훌륭하지만 외모도 빼앗고 싶은 44사이즈다. 평소에 운동과 자기관리를 꾸준히 하시며 늘 멋지게 원피스를 입고 강의를 하신다. 언제부터인가 나도 모르게 교수님처럼 되고 싶어졌고 닮고 싶어졌다. 어느새 소심하게 교수가 되고 싶다는 꿈을 꾸게 되었다.

그런데 아무리 생각해도 나 스스로도 창피해서 입 밖으로 꺼내기 어려웠는데 임 교수님 앞에서는 "교수가 되고 싶어요!" 라고 용기 내서 말해 보았다. 그랬더니 교수님은 "교수가 꼭 되어라" 하고 힘을 주셨다. 그리고 교수가 되려면 공부를 열심히 해야 한다고 하셨다. 그날 이후로 나는 다시 정신 차리고 공부에 매진했다. 그래서 비록 두 학기는 학사경고를 받았지만 임 교수님을 만난 후 다음 학기에는 성적 우수 장학금을 받았고, 2013년 8월에 총점 3.8로 졸업을 할 수 있었다.

젊은 사람들은 때때로 어른들을 대하는 것을 어려워한다. 특히 직장 상사나 교수님과 같은 윗사람일 경우에는 더더욱 어려움을 느낀다. 그러나 젊은 사람이 먼저 웃어른을 공경하고 다가가면 어른들은 받아줄 준비가 되어있다. 젊은 사람이 먼저 손을 내밀고 도움을 요청하면 어른들은 꼭 그 손을 잡아줄 것이다.

왜 젊은이가 먼저 손을 내밀어야 할까? 윗사람이 먼저 손을 내밀 수는 없는 노릇이다. 먼저 아쉬운 쪽에서 손을 잡기 마련이다. 우리는 이렇게 스승님이나 선배님들의 손을 잡고 그들의 지혜를 배워 성장할 수 있다. 그리고 우리들이 선배가 되었을 때 윗세대에서 배우고 받은 만큼 우리 아랫세대에 베풀면 되는 것이다.

요즘 우리 대학가의 문화는 학생들이 교수님을 상당히 어려워하고 연구실에 찾아가는 것을 꺼려 한다. 학생들의 대부분이 교수님과 어떻게 친해져야 할 지 혹은 연구실에 찾아가면 불편해하실까봐 걱정을 한다. 그런데 전혀 그럴 필요가 없다. 근본적으로 스승의 자리에서는 학생에 대한 애정이 있을 거라고 믿어 의심치 않고 찾아오는 제자를 마다하는 스승은 여태껏 본 적이 없다.

나의 동창들은 처음에는 나를 찾으려고 임 교수님 연구실에 들락날락하다가 결국 대부분의 학생들이 교수님과 친분을 맺을 수 있게 되었다. 어느새 임 교수님의 연구실은 사랑방 수준으로 늘 학생들이

북적북적하게 되었고, 교수님은 우리들을 위해서 손수 간식을 준비해 주시곤 한다. 임경희 교수님 늘 감사하고 사랑합니다.

# 어른으로 가는 길

**대학원에** 입학한 첫 학기부터 죽전캠퍼스와 천안캠퍼스에서 상담 교사로 일했다. 대학원 학생증이 발급되기도 전에 극성맞은 성미가 발동이 되어 학교 안에서 할 수 있는 일을 찾아본 것이다. 대학원은 회사에 다니면서 다니는 거라고 누가 말한 걸까? 찾아내서 한 대 때려주고 싶다. 실제로 나의 대학원 생활은 수업 듣고 과제하기만도 너무 벅찼다. 너무 힘들어서 점심을 먹으면 늘 체기가 있었다.

대학원 수업이 일주일 내내 있는 것도 아닌데 수업만 편하게 듣기에는 집안에 면목이 없었다. 나이가 들어서까지 나만 편하게 공부한다는 생각에 부모님께 죄송스러웠기 때문이다. 우리 부모님들도 다른 부모들처럼 맏딸이 벌어다 주는 돈으로 좀 편하게 살고자 하는 마음도 있으실 텐데 늘 하고 싶은 일은 하라고 격려해준다. 집안 살림에 보탬이 되진 못하더라도 내 생활비는 스스로 충당하고 싶은 마음에 상담교사 채용공고를 보고 지원하였다.

원서를 제출할 당시 나는 아직 대학원에 입학하기 전이었다. 그래서 지원 자격이 안될까봐 조바심이 났다. 결국 채용 담당자에게 장문의 이메일을 보냈다.

"사실 제가 입학 예정자인데, 꼭 지원하고 싶습니다."

다행히 나는 서류 합격이 되었다.

면접이 또 문제였다. 나는 방학 기간에는 주로 프리랜서로 가이드 일을 한다. 국내 가이드와 해외여행 가이드 일을 병행하는데 당시는 국내 여행 출장으로 지방의 관광지에 있었다. 관광지에서 열심히 멘트를 하고 있던 어느 날 갑자기 면접을 보러 오라는 문자메시지가 왔다. 도중에 고객을 팽개치고 면접을 보러 갈 수는 없는 노릇이었다. 그래서 또 채용 담당자에게 장문의 문자를 보냈다.

"제가 너무 가고 싶고, 너무 하고 싶은데요. 지금 지방이라 내일은 도저히 못 가요. 도와주세요."

다행히 면접일을 미뤄주었다. 정말 절실히 하고 싶었기에 계속해서 방법을 구했더니 사정을 봐준 것이다.

그런데 이것뿐만이 아니다. 산 넘어 산이라고 심지어 나는 면접일에 한 시간이나 지각했다. 앞으로 내가 다닐 학교지만 나는 이전에는 한번도 죽전 캠퍼스에 온 적이 없었기 때문이다. 내가 서울역에 도착했을 때 이미 면접 시간 이십 분 전이었다. 다급해진 나는 채용 담당자에게 전화를 해서 또 사정을 말했다.

"제가 오늘 처음 와서, 지금 가는 길인데 앞으로도 한 시간 반 정도 더 걸릴 것 같아요!"

그랬더니 채용 담당자분은 그날 면접을 보는 교수님들께 나 대신 사정을 말하고 양해를 구해주셨다. 정말 너무 감사해서 눈물이 날 뻔했다. 담당자분은 상담 전공이신 지민주 선생님으로 내가 상담교사로 일을 할 때에도 많은 도움을 주셨다.

면접을 보기로 한 날은 너무 더운 한여름이었다. 그래서 일단은 편한 복장으로 집을 나섰고 면접 복장을 가방에 따로 준비해 왔다. 그러나 지각하는 바람에 평상복을 입고 헐레벌떡 면접을 보러 들어가야 했다. 지금 생각해보니 면접을 보기 전까지 우여곡절이 많았지만 절대로 포기하지 않고 방법을 모색했다.

면접은 두 여교수님께서 보셨는데 앞으로의 나의 각오와 진로 상담을 어떻게 할 것인지에 대한 질문을 하셨다. 각오는 나는 원래 평소에도 진로와 취업에 관련해서 관심이 많았는데 후배들에게 후생가외(後生可畏)의 마음으로 진로를 탐색하는데 도움이 될 수 있도록 정확한 정보를 주고, 자신을 사랑할 수 있도록, 함께 상담하는 시간만큼이라도 학생이 얼마나 소중한 존재인지 느껴지게 세심한 배려를 하겠다고 숨도 안 쉬고 대답했다. 그러고 나서 채용이 되었고 첫 학기에는 국문과, 중동학과, 동물자원학과 이렇게 세 개의 분반을 맡아 상담을 하게 되었다. 비록 상담 전공자가 아님에도 불구하고 나의 열정만으로도 채용해준 것에 감사드린다.

전공도 아닌데다 처음으로 하는 일이기에 겁나지 않느냐고 친구들이 물어본 적이 있다. 그런데 나는 여러모로 자신이 있었다. 오히려 설레었다. 하루빨리 학생들과 만나서 소통을 하고 싶었고 최대한 많은 수의 학생들을 만나보고 싶었다. 1학년 학생들이 어떻게 살고 있는지 무지 궁금했기 때문이다. 이러한 나름 끝없는 자신감의 원천을 들여다보니 고등학교 1학년 때부터 각종 다양한 직업에 관심이 많았다. 그리고 더 어릴 적에는 상담에 관심이 있었다. 사람들과 소통하는 것을 좋아하며 상대방의 기분이나 마음을 잘 알아채는 세심한 성격이기 때문이다. 그리고 어떻게 해야 상대방이 좋아하는지도 금방 알 수 있다. 내가 조금 일찍 나의 진로 탐색에 관심을 가졌더라면 나는 아마 중국어가 아닌 심리학이나 상담을 전공했을 수도 있다. 상담에 대한 나의 애정은 상담을 할 때마다 문득문득 '전과할까' 이런 생각도 들게 했다. 그리고 무엇보다도 나의 강력한 무기, 바로 김형환 교수님께서 늘 옆에 계시기에 이 무한한 자신감이 생겨난 것 같다.

김형환 교수님은 우리 학교 중국어과 직속 선배이자 스승이다. 교수님은 늘 우리 후배들과 함께 시간을 보내주시고 상담도 자주 해준다. 그렇기에 혹시나 내가 상담교사로 일을 하다가 어려움이나 시련이 닥쳐와 내가 구원을 요청한다면 교수님은 꼭 내 옆에서 도와주실 것만 같았다. 그리고 그런 믿음을 주는 그런 스승님이다. 진로와 취업에 관한 교과목을 출강 나오는데 강의시간 외에도 늘 우리 후배들과 자주 만나준다. 내가 학부시절 3학년 4학년 때는 주로 교수님께 취업 코칭을 받았다. 진로와 취업에 무지몽매했던 학생들은 교수님을 만나면 비로소 전문취업인으로 거듭난다.

나는 운이 좋게도 교수님이 학생들을 진로코칭을 할 때 옆에서 들을 수 있는 기회가 많았다. 교수님께서 아마도 선견지명이 있으셨나 보다 나에게 다른 사람의 상담을 듣는 것도 공부가 되니 옆에서 들으라고 해 주셨다. 그때의 일들이 내가 학생들을 상담하는데 아주 질 좋은 밑거름이 되었다. 그래서 내가 상담 교사로 일을 시작한 후에는 더욱더 교수님의 세미나와 워크숍에 참가하여 진로코칭에 대해 더욱더 열심히 배웠다. 나도 교수님처럼 내 학생들에게 도움이 되는 상담사가 되고 싶었다.

처음에는 비록 월급을 받고자 하는 일을 찾았고 구했지만, 상담을 하면서부터는 내 후배들이기도 한 1학년 학생들에게 사명감과 책임감이 저절로 생겼다. '정말 상담을 진정성 있게 잘해줘야겠다.'라는 생각이 들었다. 이외로 늘 자신이 어떻게 살아야 하는지를 고민하는 20세 청년들의 모습에 나는 적잖이 감동 받았기 때문이다.

나는 20세 때 그냥 아파만 했던 것 같은데, 우리 학생들의 성숙한 자아에 깜짝 놀랐던 것이다. 역시 자신에 대한 걱정은 본인이 제일 많이 하는 법이었다. 학생들이 진지한 자세로 자신의 진로를 탐색하고 꿈을 찾기를 바랐으므로 나는 더욱 노력하고 공부해야겠다는 생각이 들었다. 혹시나 학생들이 잘못 알고 있는 것들은 바로잡아주고, 닫혀 있는 생각들은 열어주고 싶었다. 비록 나는 학생들 보다 특별히 잘난 것은 없지만 이 세상을 살아가는데 있어서는 조금 더 익숙한 사람이 기에 나도 그 나이 때 겪었던 비슷한 경험들과 고민, 걱정에 대해서 함께 나누고 싶었다.

상담하면서 느낀 것 중에 첫 번째는 '이 세상 사람들은 누구나 다 아프다'는 사실이다. 나는 내가 이 세상에서 제일 아픈 청춘인 줄 알았는 데 이 세상 모든 청춘들은 누구나 아프다는 걸 새삼 상담을 통해 느낄 수 있었다. 감정도 연습이고 습관이 된다. 나는 아파하는 학생들에게 는 덜 아픈 방법을 알려주고 싶은데 그런 방법을 누가 나에게 좀 알려 주면 좋겠다는 생각도 들었다. 내가 할 수 있는 일은 그저 무엇이 아픈 지 들어주는 일 뿐이었다. 그리고 마찬가지로 아팠던 나의 20세 시절 을 이야기해주며 공감해 주는 것이 전부였다.

내가 아무것도 도움이 되지 않는다고 느꼈을 때는 내가 상담 전공 이 아니라서 능력이 부족한 것만 같아 자괴감이 들기도했다. 그래서 내가 할 수 있는 일을 내 능력의 한도에서 찾았는데 나의 시간과 관심 을 조금 나눠주는 것이었다. 지속적으로 아파하는 친구들에게는 관심 을 가져주었다. 그래 봤자 학교 열심히 다닐 수 있게 지속적인 용기 문 자를 보내주고 가끔 만나서 밥 먹는 일이 고작이었다. 그 친구들이 밝 게 학교생활에 적응해 나가는 모습을 보면 하늘에 너무 감사했다.

두번째로 느낀 것은 또 의외로 아무 생각 없이 사는 친구들도 있다 는 것이다. 겉보기에는 학교생활도 성실하고 무난하게 하고 있지만 미래에 대한 아무 생각이 없는 즉, 자아성찰과 자기 내면과의 소통이 전혀 없는 학생들이 있었는데 이 친구들이 제일 걱정이 되었다.

대학생활을 그냥 고등학교 때처럼 똑같이 하고 있는 것이다. 하긴 남학생들의 경우 자아가 조금 늦게 성장할 수도 있다고 배운 적이 있기는 하지만 "멍 때리고 살다가는 인생 훅 간다!"라고 돌 직구를 날려주고 싶을 때가 한두 번이 아니다. 내가 이러한 친구들을 보면서 문제라고 느낀 점들을 더 자세히 나열하자면 아래와 같다.

① 본인이 왜 지금 상담을 받아야 하는지 모르겠고 그저 이 상황이 불만스럽다.

② 자신이 무엇을 좋아하는지, 싫어하는지를 모른다.

③ 내가 무엇을 잘하는지 모른다.

④ 내가 하고 싶은 일이 무엇인지 모른다.

⑤ 위의 네 가지 항목들을 생각하는 것 자체가 스트레스이다.

⑥ 생각하는 것도 싫은데 상담사 선생님한테 말하기는 더 스트레스다.

⑦ 나는 그저 내 삶이 불만스럽다.

스스로에 대해서 잘 모르고 본인을 생각하는 것이 스트레스이고 나아가 자신의 삶 자체가 불만인 학생들은 의외로 많았다. 이러한 학생들이 학교생활이 행복하고 아주 만족스럽다고 말할 수 있겠는가?

그렇다고 해서 이러한 학생들은 무엇을 잘못했는가? 이러한 사항들이 꼭 학생들만의 탓인가? 우리 어른들은 곰곰히 생각해 보아야 한다.

우리는 고등학교 때 몸만 학교에 갇혀서 공부만 하는 것이 아니라 심지어는 생각과 감정, 감성도 제어 당했으니 어찌 보면 너무나도 당연한 결과인 셈이다. 나는 이렇게 자기 자신에 대해서 잘 모르고 꿈이 없는 친구들을 위해서는 먼저 감성적으로 자극을 해주었다. 그리고 절대로 남들보다 뒤처져 있다거나 본인이 잘못해서 그런 게 아니라고 너무나 당연한 일이라고 세상이 우리를 이렇게 성장하도록 만들었다고 말하여 용기를 주고는 했다.

그리고 나서 꿈이 없다고 말하는 친구들에게 그들과 소통하기 위해 제일 처음으로 이런 질문을 던져본다.

"꿈이 있어서 학교생활에 좀 더 집중력을 가지고 열정적인 삶을 사는 친구들을 보면 마음이 어때요?"

이렇게 질문을 하면 하나같이 "부럽다"고 말한다. '배를 만들려면 공구 대신 바다에 대한 갈망을 느끼게 해줘야 한다!'라는 생텍쥐페리의 말을 기억하며 꿈 있는 친구들이 엄청나게 부러워서 하루빨리 자신도 가슴 뛰는 일을 찾아내라고 내가 으레 하는 질문이다.

상담교사로서 나의 역할로는 꿈이 있는 학생들에게는 좀 더 정확한 정보를, 꿈이 없는 친구에게는 삶에 대한 자극을 주고 싶었고, 꿈은 있는데 그 꿈이 너무 하늘에 떠 있는 친구는 조금 땅 밑으로 내려주고, 꿈이 끝없이 땅 밑으로 꺼져 있는 친구들에게는 지구 표면까지는 그 꿈을 끌어올려 주고 싶었다.

늘 학생들을 대할 때마다 나의 마음가짐의 자세를 바로잡았다. 나의 자세는 바로 후생가외(後生可畏)의 선비 정신이다. 후생가외의 뜻은 쉽게 이해하자면 젊은 후배들은 기량이 뛰어나 앞으로 크게 될 수 있으니 경외하는 마음으로 대해야 한다는 후배 존중 사상의 거룩한 뜻이다.

이러한 나의 마음가짐은 물론 하루아침에 생겨난 것이 아니다. 나 또한 훌륭한 스승님과 선배님들의 아낌없는 사랑과 가르침을 받았기에 가능한 일이다. 이렇게 고군분투했던 나의 상담교사 생활은 어느덧 두 학기가 지나갔고 나는 200명 정도 남짓의 학생들과 소통할 기회를 가지면서 나 또한 더 이상 어른 아이가 아닌 진정한 어른으로 성숙해 가고 있음을 느꼈다.

# 제 2장

## 20대,
## 방황하지 말 것

# 아플 수도 있는 나이

**한참** 밝고 시끄러울 나이 스무 살이지만 수업 시간에 보면 유난히도 주눅이 들어 있거나 기를 펴지 못하는 학생들이 있다. 그런 학생들은 하나같이 발표를 시켜보면 기어들어가는 목소리로 웅얼웅얼댈 뿐이다. 오히려 발표를 시킨 내가 미안해질 정도다. 이런 친구들은 자신감이 없고 지나치게 주위 반응을 살피는 공통점이 있다. 이러한 무의식적인 태도는 곧 어색하고 부자연스러운 행동들로 표현이 되기 때문에 또래 아이들이 피하게 되어, 친구가 없어 더욱 외롭고 쓸쓸해진다.

주눅이 들어서 눈치를 심하게 살피고 행동이 부자연스러운 친구들은 꼭 한 학과에 한두 명씩은 어김없이 있다. 이 친구들은 상담을 하러 와서도 심하게 선생님의 눈치를 살핀다. 이럴 때 나는 마음이 찢어질 듯이 아프다. 누군가 아니면 그 무엇이 이 친구들로 하여금 이토록 눈치를 보게끔하고 마음을 힘들게 만들었을지 생각해본다. 이러한 아이들은 처음부터 마음을 쉽게 열지 않는다. 그렇다고 내가 하는 질문에 매치가 되는 대답을 잘하지도 않고 어떤 질문이던지 간에 대답은 자신의 상황에 대한 변명을 대기에 바쁘다. 핑계가 아닌 자신의 보호수단으로서 핑계를 대는 것이다.

마음이 힘들고 불안한 학생들의 원인은 크게 두 가지인데 어린 시절의 가정사에서 오는 아픔, 그리고 학창 시절에 친구들에게 당했던 아픔 때문이다. 나 역시 이 두 가지의 아픔을 모두 겪어 보았기에 이같은 아픔이 있는 친구들이 남 같지가 않다. 나는 이러한 친구들에게 나의 청소년기와 20대 청년기의 시절 이야기를 들려주어 마음을 열게 한 다음에는 나만의 아픔 극복 방법을 알려주고는 했다.

먼저 가정사에서 오는 아픔 극복 방법은 20대의 힘을 믿으라는 것이다. 나는 이제 더 이상 십대 청소년이 아니다. 20대의 어른으로서 무엇이든지 할 수 있는 법정 나이이고 강한 자유의지를 지녔다고 믿어야 한다. 우리는 고등학교 시절까지만 해도 부모님의 슬하에서 고등학교만 다닐 수 있는 나약한 존재였기에 가정이 아프면 따라 아플 수밖에 없었다. 즉, 부모님이 슬프면 함께 슬펐고 부모가 약하면 함께 약했던 시절이다. 그러나 20대는 더 이상 아프지 않아도 되는 힘을 지녔다. 가정의 아픔은 가정의 아픔일 뿐이고 더 이상 나의 아픔이 아닌 것이다. 가정사의 일을 20대가 되었으니 나 몰라라 하라는 뜻이 아니다. 아픔을 받는 어린 청소년이 아닌 가족의 아픔을 치유해 줄 수도 있는 어른이 되었다는 뜻이다.

나는 실제로 가정의 아픔과 고통을 내 인생에서 분리시키는 감정 연습을 20대 초반부터 많이 해왔다. 그랬었기에 집 밖에서의 나의 생활만큼은 밝고 활기를 유지할 수 있었다. 집안 분위기가 늘 우울하다고 해서 밖에서까지 우울해지기 싫었고 24시간 서글프기도 싫었기에 외출한 시간만큼은 평안을 유지하려고 애썼다.

내가 이렇게 행복해지려고 해도 역시 집안에만 들어가면 금세 우울해지고 슬퍼졌다. 그리고 나빠진 집안 경제가 하루아침에 좋아지는 것도 아니었다. 어느 날 문득 이런 생각이 들었다. 늘 내가 우울해야만 했던 이유를 가정사 때문이라고 핑계를 대기만 했지, 나로 하여금 가정이 행복해질 수도 있다는 생각을 해보지 않았던 것이다.

이런 생각이 든 이후로는 나는 집안에서도 늘 밝고 행복한 마음 상태를 유지하려고 노력했고 내가 가족들을 행복하게 해줄 수 있다고 생각했다. 그 생각은 빗나가지 않았다. 행복과 웃음은 전염이 되었다. 삶이 고단하고 지쳤지만 마음이 즐겁고, 가족끼리 서로 사랑하고 있다고 믿으니 견뎌낼 수 있었다. 육체적으로 힘들고 안 힘들고의 문제는 별로 중요한 것이 아닌 마음의 행복을 되찾는 일이 우울한 삶을 극복해 내는데 첫 번째 열쇠였다.

두 번째 아픔인 학창시절의 외톨이 기억이다. 대중 속에서의 고요한 비참함을 느껴보고 눈물을 흘려보지 않았던 사람은 외톨이가 된다. 혼자라는 것이 마음을 나눌 시간을 함께 보내줄 친구가 단 한 명도 없다는 게 얼마나 서글픈 일인지 아마도 모를 것이다. 십 대 인생의 전부이었고 전부인 줄로만 알았던 학교에서의 아픔들은 대학생이 된 후의 삶도 위태롭게 할 만큼 충격이 큰 것이다.

학창시절에 친구들에게 당한 아픔이 있는 친구들이 자신의 삶을 포기하지 않고 열심히 학교에 나오는 것만으로도 정말 대견한 일인 것이다. 나는 이러한 아픔이 있는 친구들에게 제일 먼저 하는 말이 있다.

"너의 잘못이 아니다. 그러니 이제는 과거를 훌훌 털어내고 대학생활에 자신감을 가지고 적응해 보자."

사실 요즘은 따돌림을 당하는 친구들에겐 특별한 이유는 없다. 그저 운이 나빴을 뿐이었고 어린 나이에 권력 놀음에 막 재미를 붙인 나쁜 친구들 때문에 안 좋은 경험을 하게 된 것이다. 그래도 우리 때까지만 해도 요즘 아이들처럼 무시무시한 따돌림은 없었는데 그저 안타까울 뿐이다.

나는 우리 학교에 이렇게 수업과 연계되는 상담 프로그램이 있다는 게 너무 자랑스럽다. 드넓은 캠퍼스에서 나 혼자만 아픈 청춘인 줄 알고 괴로운 새내기들에게 자신들의 이야기를 들어주는 사람이 생기는 것만으로도 큰 위안이 되고 힘이 되기 때문이다.

# 나를 찾아라

**요즘처럼** 할 것도 많고, 해야 할 것도 많고, 하고 싶은 것도 많은 세상에선 '월리'를 찾아라! 만큼 힘든 것이 바로 '나'를 찾는 일이다. 내가 어릴 적에는 '월리'를 찾아라! 는 퍼즐게임을 또래 아이들과 즐겨했었다. 이 퍼즐은 '월리'라는 고깔모자와 큰 안경을 쓴 그리고 외국의 죄수복 같은 줄무늬 옷을 입은 남자아이를 정신없는 세상 그림 속에서 찾아내는 게임이다. 가끔 '월리'는 "나 여기 있소." 하는 것처럼 세상 한복판에 떡하니 서 있어 찾아내기가 아주 쉽기도 하고, 또 어떤 어지러운 세상 그림 속에서는 너무 여기저기에 나타나기도 해서 찾기에 무척이나 애를 먹는다. 심지어는 월리와 비슷한 차림새의 친구 녀석들이 헷갈리게 방해 공작을 하기도 한다.

나는 분명 월리인 줄 알고 찾아냈는데 월리가 아닌 비슷한 아이인 경우에는 한참을 애를 써서 찾았기에 정답이 아니라 많이 섭섭해 하고는 했다. 월리를 한참 동안 찾게 되면 어지러운 세상 그림 때문에 가끔은 머리가 핑핑 돌고는 했었는데, 이 월리를 찾는 것만큼이나 '나' 자신을 찾는 일에 요즘 대학생들은 머리가 아프다.

진로를 탐색하기 전에 워밍업으로 하는 일이 바로 '나' 찾기다. 우리는 '나'를 찾기 위해 성격유형검사, 흥미도 검사 등 다양한 활동을 해보고 '나'에 대해 탐구적인 질문들을 학생들에게 던져본다. 그럴 때마다 '나'에 대해서 생각하는 것을 학생들은 진정으로 힘들어 한다. 왜냐하면 여태껏 '나'에 대해 생각해 본 적이 없기 때문이다.

이름 세 글자가 '나' 일까? 아니면 대학생이라는 신분과 학과의 소속이 '나' 일까? 당신은 누구입니까? 의 질문에 대해서 간단한 자기소개와 같은 이름과 소속을 밝히는 것 말고 진정으로 내가 누구인지 '나'에 대해서 생각하는 일은 학생들에게 다소 어려운 일처럼 느껴진다.

따라서 학생들이 취업 준비를 할 때 자기소개서를 쓰는 일은 더욱 어렵게 느껴지게 되는 것이다. 내가 누구인지 자신에 대한 탐구와 성찰이 없었던 학생들은 자기소개서를 자신의 이력과 능력, 스펙으로 채워 넣는다. 그러한 자신의 객관적인 능력이나 자격에 대한 정보들만이 들어 있는 자기소개서는 호소력이 없다. 마치 어떤 성분으로 만들어졌는지 최소한의 정보만을 제공하는 재미없는 제품 사용설명서인 셈이다. 좀 더 재미있는 제품 사용설명서들은 이 제품이 어떠한 최적화된 상황에서 어떠한 사람들이 어떠한 마음으로 만들고 준비했다는 스토리와 더불어 앞으로 사용하는 사람이 어떤 상황에서 어떻게 사용할 경우에 더욱 효과를 극대화할 수 있다는 기대치까지도 자극하는 친절한 부연 설명들이 아낌없이 표현되어 있다. 그리고 이러한 내용들은 충분히 고객들을 감동시킨다. 자기소개서를 제품 사용설명서에 비교해서 미안한 마음이 들지만, 보는 사람들로 하여금 마음을 자극하는 느낌을 살리기 위한 비유일 뿐이니 너무 비인간적이라며 곡해하지 마시길 바란다.

자기소개서는 면접관들이 읽는 글이다. 글은 재미있고 감성을 자극해야 사람이 보게 된다. 면접관을 자극하는 자기소개서는 글을 쓰는 사람의 인품, 성품, 인격, 가치관 등을 한 편의 글을 통해 느낄 수 있는 진정한 '나'에 대한 글인 것이다.

풀어서 말하자면 '나는 이러한 역량과 더불어 이러한 성품과 가치관이 있으므로 어떠한 직무에 적합한 인재다.' 라는 내용을 담아야 하고 읽는 면접관들로 하여금 '어떤 직무에 맞는 적합한 인재다.' 내지는 '함께 일하고 싶은 인재'라는 생각이 들게끔 해야 한다.

이렇게 면접관을 자극하는 자기소개서를 쓰기 위해서는 자신의 스펙도 중요하지만 나 자신에 대한 성찰이 필요하다는 뜻이다. 무엇보다도 내가 먼저 자신을 잘 알아야 남에게 나를 소개하고 드러낼 수 있는 있는 법이다.

그래서 내가 하고 싶은 이야기는 3, 4학년이 되어서 자기소개서를 작성하는데 어려움을 겪지 않으려면 대학 1학년 때부터 자기 자신에 대한 성찰을 지속적으로 해야 한다는 것이다. 대학생 1학년들이 나를 찾기가 어려운 이유는 그동안 주입식 공부에 매진하느라고 자기 자신에 대한 생각을 할 틈이 없었기 때문이다. 비단 1학년 학생들뿐만이 아니라 세상 모든 사람들이 자기 자신에 대하여 성찰하는 것은 어려운 일이다.

또한 살면서 '나는 누구인가'에 대해서 스스로 질문을 던져 보는 사람은 드물기 때문이다. 그래서 멘토들은 멘티에게 "당신은 누구입니까?" 또는 "어디로 가려고 합니까?"라고 묻는 것이 중요하다. 그리고 대학생들은 자신의 진로를 명확하게 하기 위해서는 첫번째로는 자신에 대한 성찰과 두번째로는 자기성찰에서 한 걸음 더 나아가 사회에서 어떤 존재가 되어야 하는지 즉, 사회를 성찰할 줄 알아야 한다.

# 이십 대에 찾아오는
# 무기력증을 다루는 법

**여름 방학 때** 서울의 한 대학교 언론정보학과를 다니는 딸을 둔 한 어머니를 만날 기회가 있었다. 이 어머니는 자기 딸이 대학생이 된 이후로 너무 무기력해져서 딸만 보면 가슴이 답답하다고 하소연을 했다. 학교에 다닐 때는 강의 시간을 모조리 오후로 잡아놓고 오전 10시까지 늦잠을 자거나 겨우 강의 시간 전에 일어나는 딸을 보는 것이 답답하다고 한다. 방학이 되면, 오히려 딸의 얼굴을 볼 기회가 더욱 없다는 것이다. 그 이유는 바로 낮에는 자기 방에서 틀어박혀 잠만 자고 식구들이 자는 밤이 되면 거실로 슬그머니 나와서 텔레비전을 보거나 컴퓨터 게임을 밤새 한다고 했다. 차라리 해외여행을 간다고 하면 돈을 줘서라도 보낼 텐데 아무것도 안 하고 잠만 자는 딸을 보고 있노라면 답답해서 부아가 치밀어 오른다고 했다.

밉다 밉다 하니 미운 짓만을 이 딸내미가 골라서 하는데 맛있고 건강한 밥과 반찬을 해 놓아도 집에서는 라면만 먹는다는 것이었다. 이런 사소한 일 조차도 딸의 반항으로 느껴지는 이 엄마는 결국은 딸의 나태함과 무기력을 보다 못해 용돈과 핸드폰 요금을 모조리 끊었다고 했다.

나는 그 학생이 지금 무기력을 즐기고 있다는 생각이 들어 학생의 편에서 엄마의 답답함을 풀어드렸다. 그 학생은 명문 기숙 고등학교 시절을 보냈기에 공부에는 질린 만큼 질린 상태이고 대부분의 새내기 대학생들이 그러하듯 한 학기 정도는 보상심리로 우쭐대며 대학 캠퍼스를 누리는 즐거운 정신 상태를 유지하기 위하여 학교생활을 고등학생 때처럼 수동적으로 아주 무기력하고 적당하게 보낸다.

1학년 1학기 때 고등학생처럼 무기력하게 학교를 오가는 학생들을 수없이 봐온 나로서는 학생들이 첫 번째 방학조차도 그렇게 무기력하게 보낸다니 약간은 웃기기도 했고 안타깝기도 했다. 부모의 입장이라면 '내 자식이 이 험한 세상에서 살아남으려면 1분 1초라도 더 빨리 달려야 할 텐데'라는 마음으로 무기력한 청춘 새내기들이 그저 답답하기만 할 테지만 옆에서 그들의 생각과 감성을 공유해 보았던 나로서는 그들이 아주 재미난 무기력을 첫번째 여름 방학을 통해 누리고 있다는 걸 알 수 있었다.

사실 우리 대학 새내기 청춘들은 가엽기도 하다. 그들이 하고 싶은 것은 고작해야 잠을 실컷 자보고, 맛있는 음식을 다양하게 먹어보고,

텔레비전과 영화를 실컷 보는 일이다. 우리는 수업 시간에 자신이 하고 싶은 일 또는 자신의 욕구를 찾는 놀이를 해보았는데 결과는 너무 단순하게도 기본적인 욕구 충족만을 원하는 학생들이 대부분이어서 조금은 놀라웠었다.

20대 청년이 제일 하고 싶은 것이 고작 잠 실컷 자기와 텔레비전을 실컷 보기라니! 사실 나는 적지 않은 충격도 받았다. 그래서 대학의 첫 방학을 무기력하게 놀거나 자면서 집에서 보내는 무기력한 딸의 심정을 조금이나마 이해할 수 있을 것 같았다.

무기력한 그들은 그저 자유롭게 먹고 싶을 때 먹고 자고 싶을 때 자는 것에 재미를 느끼는 것이다. 이러한 이야기를 답답한 엄마에게 해 드리니 조금은 딸내미의 무기력을 이해하는 듯했다.

실컷 먹어보고, 실컷 자보고, 실컷 쉬어본 청년들은 곧 이 세상에는 뭔가 더욱 재미난 것이 있을 거라고 생각하고 또 다른 발견을 해 나가면서 스스로를 충분히 발전시킬 수 있으니 무기력한 딸 때문에 답답한 엄마들은 한 학기의 첫 방학 정도는 관대하게 봐주길 바란다.

# 꿈이란 무엇인가

"**요즘에도** 꿈이 있어요?"

냉소적으로 꿈에 대하여 반문했던 한 여학생이 오랫동안 뇌리에 박힌 적이 있었다. 이 질문과 더불어 이 학생은 자신들의 부모 또한 현실적인 조언을 해줄 뿐이라고 했다. 그리고 자신은 부모가 제시하는 길을 걸어가면 될 뿐이라고 씁쓸하게 덧붙였다. 하물며 이 학생에겐 잠시 스쳐가는 인연일 뿐인 학교 상담 선생님으로서 내가 과연 꿈을 꾸라고 이 학생을 부추길 자격이 있는지 고민한 적이 있다.

요즘 사람들이 과연 꿈을 꾸며 살까? 직장인들도 꿈을 간직하며 살아가고 있을까? 어쩌면 요즘 성인들의 가슴속에는 꿈보다는 당장 내일의 안녕이 중요한 가치가 되어버렸을지도 모르겠다.

세상에는 두 부류의 사람들이 존재한다. 꿈을 이룬 사람들과 이루지 못한 사람들. 꿈을 이룬 사람들은 후배들에게 더욱 노력해서 꿈에

도전해 보라고 조언한다. 반면 꿈을 이루지 못한 사람들은 먹고살기에 합당한 그리고 당신의 능력에 너무 부치지 않는 그런 적당한 일을 찾아보라고 한다. 이 두 부류의 사람들 그리고 두 부류의 조언이 있다. 우리는 청년기의 시절 두 부류의 조언을 들으면서 나의 꿈과 현실 그리고 직업을 조율을 하듯 맞춰 나가며 진로를 탐색한다.

그런데 사람의 성향에 따라 꿈이 직업이 되지 못했을 때 미련을 두고 계속해서 후회하는 사람도 있고, 꿈은 그저 어린 시절의 소망일 뿐으로 치부하고 가슴 깊숙이 접는 사람들이 있다. 미련이 남든, 고이 접어두든 꿈은 꿈인 것이다. **절대로 한번 가졌던 꿈은 사라지지 않는다.** 다시 말하지만 나의 꿈은 사라지는 것이 아니다. 어른이 되어가며 기성인이 되어 사회에 물이 들어도 아무리 먹고사는 것이 바빠서 마음의 여유가 없어도 꿈은 꿈인데, 사라지지 않는데 이왕이면 꿈에 한번쯤은 도전해 봐야 옳은 일이 아닐까? 옳고 그른 것을 떠나서 적어도 인생에 있어서 미련은 적게 남을 것이다.

요즘 대학생들에게 가장 큰 진로 방해 요소이자 꿈 방해꾼은 안타깝게도 부모다. 꿈을 이루지 못한 어른들은 자신들도 꿈에 대한 미련이 있으면서 자식에게는 꿈을 꿀 기회조차 부여하지 않는다. 자식들이 편하게 살 수 있는 방법을 선택하게 하고 싶은 그러한 부모의 마음이 앞서겠지만 겉보기에 편하고 안정적인 직업만이 진정으로 행복하게 할 수 있는지 진지하게 고민해야 한다.

특히 자신의 꿈을 자식에게 유예하려는 부모님들은 자식을 진정으로 위한다면 자식의 성향이나 성격을 고려하여 진로 탐색에 강요나 방해가 들어가서는 안 된다. 부모는 진로 선택의 좋은 본보기가 되어야 하며, 꿈 방해꾼이 되어서는 안 된다.

# 스펙을 저절로 쌓는 법

**대학생들은** 지금 스펙과의 전쟁을 치르고 있다. 새내기들이 대학에 들어와서 가장 많이 듣는 말이 아마 스펙을 갖추라는 말일 것이다. 요즘 시대는 대학생들에게 많은 스펙과 자질을 요구한다. 대학생들이 청소년기 때부터 대학을 결승점으로 여기고 열심히 달려와서 골인을 했건만, 사회는 대학생들에게 이제부터 또다시 힘차게 앞만 보고 달리라고 요구한다.

요즘 흔히 9대 스펙이라는 말을 하는데 여기에는 학점, 토익, 어학연수, 자격증, 봉사활동, 인턴, 수상 경력, 대외활동, 연애가 포함되어 있다. 여기에 재미있는 사실은 연애까지도 대학생들의 갖춰야 할 스펙으로 보고 있다는 점이다. 물론 연애의 경험을 하다보면 상대방의 마음을 이해하고 갈등을 해결하는 과정에서 대인관계 역량이라던지 의사소통 역량의 발전을 기대할 수는 있을 것이다. 하지만 연애까지도 스펙을 위해서 하는 사람은 불행할 수밖에 없다. 이는 비단 연애뿐만이 아니라 나머지 8가지의 스펙들도 마찬가지다. 본인 스스로가 좋아서 학점을 관리한다면 보람도 느끼고 저절로 스펙을 쌓는 결과를 이루게 된다. 만약 외국인 친구를 사귀는 것이 행복해서 영어를 공부하게 된다면 저절로 토익점수는 상승하게 된다. 이렇듯이 이 9가지의 스펙들은 대학생활 중에 들어가는 과정이 되어야 하지 무조건 앞만 보고 달리는 결승골과 같이 여겨진다면 대학생활 내내 스펙을 쌓느냐고 힘만 빠지게 된다. 즉, **나의 즐거운 대학 생활을 토대로 스펙이 쌓이게 대학생활을 설계해야 한다.** 스펙이 결과와 되고 결과와 과정이 바뀌게 되는 이런 현상을 겪고 있는 대학생들은 대학생활의 의미와 즐거움을 상실하게 될 것이다. 지금부터라도 대학생들이 내가 원하는 것, 잘할 수 있는 것에 미쳐서 하다보면 여러분의 스펙은 저절도 쌓이게 될 것이다.

가장 안타까운 현실은 대학생들이 이 9대 스펙을 모두 갖춰야 한다는 생각으로 학기 중이나 방학이나 자신의 모든 시간을 스펙을 쌓기 위한 시간으로 투자하려고 한다는 것이다. 사회생활을 해본 대학원생으로서 사회는 물론 9대 스펙과 같은 능력과 자질을 갖춘 스마트한 인재를 원한다. 그렇지만 그 인재가 자기 자신만 똑똑하려고 고집하거나 조직에서 어울리지 못했을 때에는 적지 않는 진통을 겪는다. 역시 9대 스펙과 같은 능력보다는 조직과 사회에서는 대인관계 역량이 원만한 인재가 필요함을 느끼는 바이다.

요즘 대학생들은 고등학교 때처럼 대학생활을 한다. 맹목적으로 9대 스펙을 쌓는 일은 고등학교 때 대입을 위해 평소 내신과 모의고사 점수를 관리하는 일처럼 느껴진다. 그저 대입이 목표인 학생들은 모든 내신과 수능 과목을 미리 준비해야 했기에 더욱 힘이 들었던 경험이 있었을 것이다.

그러나 확실한 목표가 있는 학생들은 가고 싶은 학교와 학과에서 시험 치르는 과목만을 집중해서 공부할 수 있었기에 훨씬 수월했을 것이다. 대학생들은 더 이상 대입이 목표인 고등학생처럼 맹목적으로 무기력하게 스펙을 위한 공부만을 해서는 안 된다.

먼저 목표를 세우고 대학생활을 전략적으로 자신의 역량을 관리하는 시기로 알차게 만들어가야 한다. 대학생들이 맹목적으로 9대 스펙을 쌓는데 시간을 낭비하기 전에 자신이 진정으로 어떤 일이 하고 싶은지, 사회에서 어떤 인재가 되고 싶은지에 대한 자신과 사회를 성찰할 줄 아는 안목을 길러야 한다.

# 역량은 스펙과
# 무엇이 다른가

**취업시장이** 어렵기만 한 것이 아니라 변화하는 속도도 빨라서 취준생들은 어디에 발 맞춰 나가야 할 지 오리무중이다. 하지만 변화하는 속도를 따라가지 못한다면 '광탈'을 하는 것이다. '광탈'이란 요즘 취준생들의 언어로 이력서가 빛의 속도로 떨어졌음을 뜻하는 신조어이다. 요즘은 또 '역량 중심의 인재' 라든지 '역량 중심의 면접'이 뜨고 있는데 과연 이 '역량'은 '스펙'과는 어떠한 차이가 있고 우리는 대학시절 어떠한 '역량'을 키우고 갖춰야 하는 것일까?

역량과 능력은 분명한 어감의 차이가 있다. 먼저 역량이란? 훌륭한 성과를 내는 사람들의 특징으로 어떤 특수 분야에서의 높은 성과를 내는데 필수적인 능력을 뜻한다. 또한 남들과의 경쟁에서 우위를 나타내는 특징이자 장점이 되는 것이다. 그래서 역량과 능력을 구분하여 생각해야 한다. '역량이 뛰어나다'와 '능력이 많다'는 성과에서 차이

가 난다. 역량은 능력을 가지고 있으면서 성과를 내는 '기질'이고 능력
은 많을수록 좋은 '기준'일 뿐이다.

능력은 또 다른 말로 스펙이 될 수 있다. 그래서 우리는 스펙을 쌓기
위해 노력을 하고 자격증을 딴다. 그런데 역량을 키우라는 말의 뜻은
무엇일까? 왜 취업 시장은 스펙으로도 부족해서 역량까지 면접에서
체크를 하려고 하는 것일까?

그 이유는 요즘 사회 초년생들이 소위 스펙은 빵빵하나 즉, 능력은
있는데 쓸모가 없다고 판단되었기 때문이다. 그래서 한층 더 스마트
해진 취업시장에서는 스펙도 갖추고 역량도 갖춘, 주어진 **상황에 기
업에 성과를 가져다 줄 수 있는 인재를 선호하는 것이다.**

그럼 대학생들은 앞서 말한 9가지 스펙 말고도 또 어떠한 역량을
갖춰야 할까? 교육과학기술부와 한국직업능력개발원이 공동 개발하
고 진단하여 도출한 대학생 핵심 역량 영역은 크게 여섯 가지로 나누
어 볼 수 있다.


① 의사소통능력
② 종합적 사고력
③ 자원, 정보, 기술 활용 능력
④ 글로벌 역량
⑤ 자기 관리 역량
⑥ 대인 관계 역량

이러한 역량들은 사회에서 보기에 대학생들에게 필요하고 그들이 갖춰야 할 역량이다.

대학생들은 캠퍼스 생활을 하는 동안에 자신의 능력을 객관적으로 판단하고 보완해야 할 역량들을 꾸준히 개발해야 한다. 그러기 위해선 꾸준히 자신을 수행하는 노력도 필요하지만 자신의 능력과 역량을 객관적으로 파악하기 제일 쉬운 방법은 각종 취업 포털 사이트에 가입하여 각종 업무와 다양한 직업군에 현재 자신의 학점과 스펙으로 모의지원을 해보는 방법이 있다. 스펙을 쌓는 꾸준한 노력을 하면서 모의 지원을 해보면 스스로 피드백을 자신에게 주는 경험을 하는 것인데 성장의 노력과 자가 피드백이 함께 이루어진다면 그 누구보다 경쟁력을 갖춘 인재가 되는 것이다.

# 알고 보면 쉬운
# 비장의 카드

1학년 학생들을 상담하면서 내가 제일 강조하는 것은 첫째 독서, 둘째 멘토와의 만남, 셋째 건강관리이다. 이 세 가지를 조언하면 학생들은 고리타분하고 뻔한 소리라고 한다. 그리고 뭔가 산뜻하고 새로운 비장의 카드를 꺼내주기를 바란다.

미안한지만 하루아침에 나를 업그레이드 시켜 줄 비장의 카드가 내 손 안에 쥐어져 있다면 내가 제일 먼저 사용했을 것이다. 나는 이뻔 한 독서, 멘토, 건강관리 세 가지의 중요성을 논리적으로 학생들에게 설명하고자 머리를 쥐어 짜내보고 노력해 보다가 결국에는 주관적으로 설득하곤 한다.

독서는 내가 십 대, 이십 대에 잘하지 못했던 습관이므로 지금에 와서 독서량이 부족했던 것이 천추의 한이 되기 때문에 나의 사랑하는 학생들은 내 나이가 되어서 절대로 똑같은 후회를 하지 말라고 말한다.

중고등학교 때 꼭 읽어야 할 지정 도서 목록들이 있다. 나는 그 도서 목록들을 철저히 무시했고 심지어 문제집에 나오는 문학작품들조차도 중요한 부분만 쏙쏙 골라 읽었으며, 책 읽기보다는 문제집에 나오는 지문들을 더욱 중시해서 보았다. 그런데 알고 보니 나만 용감하게 필독도서들을 무시했던 것이 아니라 대부분의 중고등학생들이 책 읽기를 기피하고 있다는 것이다.

학교에서 지정 도서니 필독 도서니 방학 때마다 정해주고 읽으라고 강요하는 것 자체가 학생들로 하여금 독서를 기피하게 만드는 주범이 된다. 나도 꼭 그렇게 느꼈었다. 독서가 마치 공부처럼 느껴졌기 때문에 교과서와 문제집 보는 것만으로도 책은 충분했고 그 이외의 책은 펼쳐 보기도 싫었던 것이다.

요즘은 독서광들을 제외하고는 청년들의 독서량이 적어지는 것이 사회적으로 문제가 되기도 한다. 그러고 보면 우리 청소년들이 독서량이 적다고 탓만 할 것이 아니라 독서를 재밌게 할 수 있는 환경을 제공해 주어야 한다. 뭐든지 공부가 되거나 강요당하게 된다면 거부감이 들기 마련이다. 중고등학교 때 너무 수능 필수과목들에 연연하지 말고 글쓰기나 독서 같은, 쉬어가면서 재능도 발견할 수 있는 과목들이 생기면 좋을 것 같다는 생각이 든다.

나 또한 이렇게 책을 돌 보듯한 청소년기를 지났기에 청소년들이 책 읽기 싫어하는 마음을 이해한다. 그리고 이러한 청소년들이 대학생이 된 후에도 저절로 독서에 흥미를 갖기에는 힘이 든다는 것도 안다. 책에 익숙해지는 데는 시간이 어느 정도 필요하기 때문이다.

그렇지만 대학생활을 하게 되면 과제를 하던 스펙을 쌓든 취업 준비를 하든 어쨌든 독서가 필요함을 절실히 느끼게 되는 때가 온다. 그때가 3, 4학년이 아니라 지금 바로 1학년일 때이기를 바랄 뿐이다. 독서량이 부족한 3, 4학년은 취업 준비에 직면하다 보면 교양과 상식의 부족함에 자괴감을 느끼지만 독서가 하루아침에 이루어지는 것이 아니다. 지금이라도 최대한 많이 독서를 하길 바란다.

두번째는 멘토와의 만남이다. 학생들이 멘토를 만나야 하는 이유는 꿈을 꾸기 위해서이다. 고등학교 때 대부분의 학생들은 의사나 선생님이 되고 싶어 한다. 단지 텔레비전 드라마 속의 몇몇의 직업을 보고 미래의 꿈을 꾸기 때문에 대학생들이 꿈이 없는 것이다. 주변에 아는 사람이 없어서, 아는 직업이 별로 없기에, 존경하는 인물과 직업이 없기에, 직업세계에 대한 설렘이 없기 때문에 꿈이 없다.

그래서 학생들은 다양한 직업군의 멘토를 만나야 한다. 자신이 진출하고자 하는 분야에 멘토가 있다면 그 분야에 대한 진입이 빨라진다. 우리 학교에서는 1학년 학생들의 필수 교양으로 '진로설계와 자기계발'이라는 과목이 있다. 이 과목에서 나는 상담 교사로 일하면서 학생들의 진로 탐색을 돕고 있는데 우리는 기말 공통 과제로 멘토를 만나 인터뷰를 한 뒤 발표하게 한다. 처음에 이 과제를 직면하게 되면 학생들은 상당히 난감해한다.

"내가 원하는 멘토를 어떻게 찾을까?"

"그분이 과연 나를 만나줄까?"

학생들로 하여금 상당히 고민을 많이 하게 하고 시간도 많이 투자하게 만드는 과제이기 때문이다.

그러나 멘토 인터뷰의 결과 발표를 듣는 날이면 학생들은 선생을 감동시킨다. 대부분의 학생들은 인터넷 검색을 통해 자신이 하고 싶은 일을 현재하고 있는 사람들의 연락처(이메일과 전화번호)를 수집한 뒤 묻지 마 연결을 시도해 무작정 만나달라고 부탁한다.

이 묻지 마 연락 투척은 이외로 소득이 크다. 이미 멋진 어른들이 우리 학생들을 위해 기꺼이 멘토로서 시간을 내어주었다. 물론 사돈에 팔촌까지 모든 인맥을 동원하여 비교적 쉽게 멘토를 만나 인터뷰를 진행하고 오는 학생들도 있다. 이러한 모든 노력들이 결과물을 발표하는 날 학생들을 자신감으로 무장시켜 준다.

처음에는 "모르는 사람을 어떻게 만나느냐?"는 학생들의 질문에 "앞으로의 사회생활은 모르는 사람들과의 끊임없는 만남의 연속이다."라고 열심히 시도해 보라고 대답을 했었는데 멘토 인터뷰를 해내는 학생들을 보면서 대견하고 자랑스러웠다.

필드에서 일하고 있는 멘토를 만나고 온 학생들은 자신의 꿈과 진로에 더욱더 설레는 마음을 가질 수 있고 그 설렘을 바탕으로 학교생활에 더욱더 집중을 하게 된다. 그래서 나는 멘토를 만나라고 말한다.

요즘은 멘토를 찾아주는 인터넷 사이트에서 쉽게 멘토를 만날 수도 있고 또 사회적으로도 멘토링 프로그램을 찾아보면 많이 있다. 대표적인 예를 한 가지 들면 대통령 직속 청년위원회에서는 멘토링 프로그램으로 '더 청춘' 프로젝트를 진행하고 있는데 '더 청춘'의 개인 미션 10-10-10은 10권의 책 리뷰, 10명의 멘토 인터뷰, 10개의 칼럼 쓰기이다. 이처럼 독서와 멘토와의 만남은 아무리 강조해도 지나침이 없다.

마지막으로 강조하는 점은 건강관리이다. 한창 팔팔한 나이의 청춘들에게 건강관리 하라는 말은 정말 씨알도 안 먹히는 줄로 안다. 나또한 건강은 자신이 있었기에 어른들이 흔히 하는 말 중에서 특히 건강이 제일 중요하다는 말은 도무지 이해가 안 갔었다.

그런데 이십 대 중반에 뇌출혈로 쓰러지고 보니 정말 신체 나이가 한 십년은 훅 지나간 것 같아서 지금은 너무 골골댄다. 내 신체는 일년 내내 고혈압과 감기를 달고 사는 저질 체력으로 급 노화가 되었고 나 역시 때늦은 후회를 하고 있다.

이렇듯 건강이란 20대에 쉽게 간과하고 놓칠 수 있는 한 부분이기에 나는 학생들에게 건강관리의 중요성을 귀가 아프도록 말한다. 한참을 달려야 할 20대라고 여겨질 수도 있겠지만 우리의 인생은 단거리 달리기가 아닌 장거리 마라톤이기 때문에 페이스 유지를 20대부터하면 좋다. 그래서 가끔 아프다고 상담에 빠지는 학생들을 살짝 봐주기도 한다. 그렇다고 아픔을 악용하는 사람이 없길 바란다.

실제로 나도 뭔가 중요한 일을 맡아 놓고 아프게 되는 경우에 너무 속상하고 주변인들에게 너무 죄송하기 때문이다.

# 그대는 논어를 읽었는가

**논어는** 공자님의 말씀을 담아 놓은 책이다. 학문에 정진하여 정신과 신체수양을 하려던 내용이기에 오늘날 대학생들에게 꼭 필요한 인문고전이다.

하지만 고전과 한자가 어려운 요즘 학생들이 논어에 쉽게 흥미를 갖기란 어렵다. 그렇지만 논어를 읽어보려고 조금이라도 노력해보았던 학생들이라면 아주 쉽게 풀이해 놓은 한글 논어나 이야기식의 풀이된 논어가 이미 많이 출판되어 있음을 알고 있을 것이다.

논어는 단순한 교훈을 적어놓은 명언과 같은 말들의 집합체가 아닌 학생들의 올바른 학문의 정진과 태도의 수양에 관한 내용이므로 오늘날의 학생들에게도 상황이 적합하기에 꼭 읽기를 권한다. 특히 쉬운 한글 설명과 더불어 요즘의 상황에 알맞도록 미래 전략과 경영설계 노하우 등을 접목하여 이야기하듯이 풀어낸 책들이 많기 때문에 취준생들은 필요한 고전 인문 교양을 쌓을 수 있는 동시에 직장 생활의 처세술 등을 습득할 수 있을 것이다. 인문 고전의 교양을 쌓고 싶으나 고전과 한자에 거리감이 드는 취준생들이 쉽고 재미있게 읽어 나갈 수 있는 책들이 시중에 많이 나와 있다.

논어에 나오는 여러 구절 중 내가 가장 좋아하는 구절은 자신의 일을 즐기라는 뜻의 옹야(雍也)편 제18장 知之者 不如好之者 好之者 不如樂之者 (지지자 불여호지자 호지자 불여락지자)이다. '피할 수 없으면 즐겨라!'의 공자님 버전인 셈이다. 그러나 요즘 학생들과 직장인들은 진정으로 자신의 일을 즐기는데 문제가 있는 듯하다.

오늘날의 학생들과 직장인들은 만성 무기력에 시달리고 있다. 그 이유는 학생들은 단지 스펙을 쌓기 위한, 취업을 위한 공부를 하고 있고, 직장인들 또한 직장생활을 하는 이유가 경제적인 수단을 얻기 위해서이기 때문이다. 공부와 직장생활을 다른 말로 표현하면 스트레스, 무료함, 전쟁터, 지옥 등이다.

요즘 대학생들에게 가장 재미있는 일은 텔레비전 시청이나 인터넷이고 공부나 학교생활은 무료하고 재미가 없다고 한다. 텔레비전 시청이나 인터넷처럼 일과 공부를 재미있게 하기 위해서는 먼저 그 일을 왜 해야 하는지 목표의식이 뚜렷해야 한다.

일과 놀이의 가장 큰 차이는 재미가 있느냐 없느냐의 차이이다. 아무리 힘든 일이라고 해도 뚜렷한 목표의식으로 몰입하거나 집중해서 좋은 결과를 얻어 내면 사람은 재미를 느끼게 된다. 일이 놀이로 바뀌는 순간을 체험하는 사람들은 세상의 모든 것이 자신에게로 와서 집중한다고 한다.

지금 대학생의 삶의 무기력하다면 어떻게 무엇에 몰입을 할 수 있을지 진지하게 생각해 보아야 한다. 그렇지 않으면 학교생활보다 더 길고 앞으로의 대부분의 삶의 시간을 보내게 되는 직장생활이 지루하다면 인생 자체가 지루해질 수 있기 때문이다.

몰입해서 그 일을 즐기는 경지에 오르기 위해서는 먼저 자신이 무엇을 원하는지가 분명해야 하고 몰입한 결과를 피드백해서 성장의 결과를 얻어야 한다. 그렇게 되면 일이 재미있고 나아가 즐기는 경지에 오르게 되는 것이다.

# 멘토를 만드는 꿀팁

**멘토를** 만나라고만 하지 말고 멘토를 만나는 방법을 알려달라는 학생들의 요청에 나의 꿀팁을 살짝 공개하고자 한다.

① 인맥 활용
② 강연, 강좌, 세미나 활용

인맥을 활용하라고 말하면 일반적이 대학생이 인맥이 어디 있느냐고 반문하는 경우도 있지만 대학의 교수, 강사, 교직원 그리고 친구의 부모까지도 인맥으로 활용할 수 있다. 먼저 양심의 손을 얹고 학과 교수님께 찾아가 본 사람이 있는가? 인맥이 없다고 불평하지 말고 교수님을 찾아가 졸업하고 잘 나가는 선배 10명의 연락처를 받아라. 그리고 그들에게 전화해서 단 30분만 시간을 내달라고 요청하라. 또한 반드시 사전에 인터뷰 질문을 성의 있게 준비하여 서로에게 인터뷰 시간이 아깝지 않도록 하라.

멘토를 만나는 가장 쉬운 방법은 인맥을 활용하는 방법이라는 것을 부정할 수 없지만, 인맥이 없을 경우에는 인맥을 만들 수 있어야 한다. 내가 멘토를 만나고 멘토를 통하여 인맥을 넓혀가는 방법은 바로 강연을 듣는 것이다.

요즘에는 '세바시'처럼 공개 강연도 많고 각종 사회단체나 커뮤니티에서 공개강좌나 세미나가 많이 열리고 있다. 나는 강연을 들은 후에 초청된 강사에게 자연스럽게 연락처를 물어본 후 가끔 카톡을 주고받다가 어느 정도 친분이 쌓이게 되면 인터뷰를 요청하곤 한다.

멘토와 인터뷰가 끝난 후에는 지인 분들 중에 멘토 인터뷰를 할만한 사람을 소개시켜 달라고 또 자연스럽게 요청한다. 슬그머니 멘토의 인맥을 활용하는 셈이다. 내가 직접 섭외한 인터뷰 보다 지인의 소개로 받은 인터뷰는 더욱 쉽게 성공한다. 이것이 인맥이다.

강연을 통해 친분을 쌓게 된 분들 중 한 분의 멘토를 소개하겠다. 바로 『프리랜서처럼 일하라』의 저자이신 이근미 작가님이다. 서울연합교회에서 매주 둘째 주 토요일에 DCT 청년 세미나를 청년들을 위해 열고 있는데 이근미 작가님을 초청한 적이 있다.

작가님의 강연이 너무 재미있어서 조금 크게 웃었던 일이 발단이 되어 작가님께서 내 이름을 호명하여 주는 바람에 나 자신을 알리게 되는 계기가 되었다. 이근미 작가님께서 쓰셨던 장편소설의 제목을 소개하는 대목에서 나도 모르게 제목을 듣자마자 웃음이 빵터졌던 것이다. 소설의 제목은 『어쩌면 후르츠 캔디』인데 어릴 적 보던 만화책 『후르츠 바스켓』이 바로 연상되어 그만 너무 크게 웃어버렸다. 자칫 잘못하면 민망할 뻔한 순간이 왔을 수도 있었는데 이근미 작가님께서 재치있게 이름을 호명해 주셨고 이야기가 재미있게 흘러갔다. 역시 마크 트웨인의 말처럼 인류에게 정말로 효과적인 무기는 바로 웃음이다.

내 웃음 덕분에 강연의 분위기가 산뜻해졌고 수많은 사람들 중에서 나의 인상을 이근미 작가님께 남길 수 있었다. 강연이 끝난 후에 나는 작가님의 저서에 사인을 받으면서 자연스럽게 명함을 달라고 부탁드렸고 작가님께서는 흔쾌히 명함을 건네주셨다.

작가님은 오랜 기간 동안 기자로 일하시면서 수많은 명사들을 인터뷰했는데 이번에 새로 내신 책인 『대한민국 최고들은 왜 잘하는 것에 미쳤을까?』에 다양하고 교훈적인 내용의 인터뷰 사례를 담아내셨기에 청년들로 하여금 크게 공감할 수 있었던 강연이었다.

이 날의 인연으로 나는 이근미 작가님에서 이근미 멘토님으로 관계가 형성되었다. 또한 이근미 멘토님께서 참여하고 대통령 직속 청년위원회가 주최하는 '더 청춘' 프로젝트에 멘티로서 합류할 수 있게 되었다. 사실 나는 한때 기자가 꿈이었고 고려대 문창과를 지원했을 만큼(물론 떨어졌지만) 글쓰기에 관심이 많았다. 글쓰기를 제대로 배워보고 싶었는데 이근미 작가님이라는 인연이 하루아침에 내게 '뚝' 떨어진 셈이다. 흔쾌히 멘티로 받아주시고 바쁜 와중에도 글쓰기를 강의해 주는 이근미 멘토님께 감사하다.

인연에 인연은 꼬리 물기를 한다. 이근미 멘토님의 추천으로 '더 청춘' 프로그램에 합류하게 되어 '더 청춘 코칭 파티'에 참여할 기회가 있었는데 이날은 총 6분의 멘토 강연이 있었다. 나는 '코칭 파티'의 날에 또 한 분의 멘토님과 자연스러운 인연을 맺게 되었기에 소개하려고 한다.

내가 '땡큐 멘토님'이라고 부르는 김종삼 멘토님이다. 특유의 부산 악센트의 느릿하고 귀여운 말투에는 뭔가 강한 끌림이 있는 분이었다. 특히 된소리 더블 S 발음이 안 되는 전형적인 부산 사나이다. 강연 도중 갑자기 나를 호명하는 게 아닌가?

"정미예 씨, 여기 계십니까? 계시면 손을 들어보세요!"

그래서 나는 당황하지 않고 손을 번쩍 들었는데 손을 들면서도 사실 왜 호명되는지를 몰랐었다.

김종삼 멘토님 말씀에 멘토님께서 화장실에서 손을 씻고 나오는데 내가 화장실 복도로 들어가려다가 나오는 멘토님을 보고 얼른 자리를 비켜드렸기에 너무 고마웠다고 하셨다. 나를 찾아서 고맙다고 말하고 싶으셨는데 적장 본인인 나는 자기 이름을 가슴에 크게 붙여 놓은 것을 몰랐을 거라고 내 이름을 기억한다고 하시며 내 이야기를 수많은 사람들 앞에서 해주셨다. 게다가 나를 보고 양보하는 습관이 몸에 밴 인재라고 특급 칭찬까지 덤으로 해주셨다. 멘토님이 수많은 사람들 중에 내 이름을 불러 주셨기에 그 순간 사람들 앞에서 나는 '꽃'이 되었다. 나에게 감사하다고 하시고 많은 사람들 앞에서 칭찬까지 해 주시니 부끄러워 몸둘 바를 몰랐다.

김종삼 멘토님은 감사하는 마음을 중요시하라고 두 가지 사례를 이야기해 주셨는데, 첫번째로 멘토님은 카드결제 후에 사인을 하실 때 항상 Thank you라고 하신다고 했다. Thank you 사인을 본 점원의 얼굴에 미소를 보는 날은 행복하다고 했다. 타인을 행복하게 만들고 또 그 타인으로 하여금 자신까지 행복해지는 능력은 정말로 따듯한 마음이다. 저도 김종삼 멘토님 덕분에 '코칭 파티'날에 무진장 행복했고 감사했습니다. 그래서 나는 김종삼 멘토님을 땡큐 멘토님으로 기억한다.

두번째로 멘토님은 부산의 UN기념공원에 매년 자신의 비석을 하나 정해서 깨끗하게 닦아 드리고 있는데 본인은 노르웨이분의 비석을 닦아드리고 있다고 하셨다. 감사하지만 일상에서 쉽게 잊혀 지내고 있던 분들을 위해 비석을 닦는 멘토님의 따듯한 마음에 또 한 번 감동했다. 나도 부산에 갈 일이 생기면 꼭 UN 공원에 들러서 6.25참전 외국인 용사 분들께 감사의 인사를 드려야겠다고 다짐했다.

강연에서의 강사분들과 인연을 맺을 수 있는 팁은 끝까지 남는 자세이다. 강연이 끝나면 대부분의 사람들은 누가 먼저 할 것 없이 자리를 뜨기 바쁘다. 그러나 나는 늘 어느 단체의 어느 세미나를 가든지 간에 마무리와 뒷정리를 도와주고 끝까지 남아서 강사 분들이나 주체 측과 이야기를 더 나누곤 한다. 우리가 쉽게 만날 수 없는 사람들이기 때문이다. '코칭 파티'가 끝난 후에도 어김없이 뒷정리를 마무리한 다음에 김종삼 멘토님을 찾아가 악수를 청하며 인사를 드렸다.

"제가 정미예입니다. 멘토님, 더블 S 발음이 안 되시던데요?"

사실 멘토님의 된소리를 들으니 예전에 내가 '쌀' 발음이 안 되었던 일들이 생각이 나서 정감이 갔다. 예전에 시골에서 봉지 쌀을 사먹던 시절에 동생을 데리고 자신 있게 쌀을 사러 슈퍼에 갔었는데 주인아주머니는 나의 '살' 발음 때문에 쌀을 주지 않으셨고 우리 집으로 직접 전화를 거셨다. 그리고는 우리 엄마에게 물어보셨다.

"아이들이 도대체 뭘 사러 왔나요?"

"그때 '쌀' 사러 간 건데요……."

그렇게 김종삼 멘토님께 자연스럽게 전화번호를 받고 연락을 주고받는 사이가 되었다.

이렇게까지 학생 신분으로 다양한 인맥을 넓힐 수 있는 팁을 알려주었는데도 불구하고 더 심도 있는 질문을 받기도 한다. 멘토의 연락처를 받은 후 어떻게 자연스럽게 연락을 하는지에 대해서 방법을 물어보는 학생들도 있다. 소심한 건지 밥을 떠먹여줘야 하는 건지 가끔 헷갈리게 하는 학생들이 있지만 나는 친절하게 알려 준다.

강사 분들의 경우 강연에서 행동해 보거나 실천해 보라고 하셨던 것들을 잘 기억해 두었다가 실행을 한 뒤에 자연스럽게 "저 강사님이 알려준 대로 해보았어요!" 이런 식으로 자연스럽게 연락을 취하면 열이면 열, 백이면 백 강사님들께서 피드백을 해주시고 강사님과 학생의 대화는 건설적으로 발전할 수 있다. 이렇게 실행하기 위해서는 무엇보다도 강연에 집중해서 듣는 기본 자세가 가장 중요하다.

이렇게 나의 방법들을 나열하다보니 마치 내가 전략적인 행동을 하는 사람이 되는 것 같은 기분이 드는데 그동안 의식적으로 인맥을 넓히려고 했었던 것은 아니다. 사실 나는 강연을 듣고 본받을 점을 바로바로 실행해 보는 타입이고 그렇게 하는 것이 즐거웠다.

땡큐 멘토님의 땡큐 사인 사례를 들은 날은 집으로 돌아가는 지하철역의 한 카페에서 커피를 사고 Thank you 사인을 한 뒤에 바로 땡큐 멘토님께 연락을 드렸다. Thank you라고 사인을 하는 내내 설레고 떨렸기에 멘토님께 꼭 알려드리고 싶었다. 그동안 나는 카드 사인을 무성의하게 작대기만 그었었기에 thank you를 쓰는 동안 시간이 꽤 걸림을 알게 되었다.

한 번은 Thank 만 썼는데 점원이 엔터를 눌렀고, 그 이후로 갔던 곳들은 삼만 원 이하의 무서명 점포들이 많았다. 그래서 또 섭섭한 마음에 땡큐멘토님께 요즘 점포들은 삼만 원 이하는 자주 무서명을 한다고 연락을 드렸는데 또 유쾌한 답장을 주셨다.

언젠가는 나의 Thank you 사인을 보고 웃는 점원을 만나는 날 땡큐 멘토님께 자랑스럽게 연락을 드릴 예정이다. Thank you 멘토 김종삼 멘토님 바쁘신 와중에도 늘 연락에 답장해 주셔서 감사하다.

# 롤 모델을 욕심내라

누가 그렇게 빼앗고 싶은 삶을 살고 있는지 궁금할 것이다. 빼앗고 싶을 만큼 내가 원하는 나의 미래의 모습으로 인생을 사는 사람이 드라마 속의 나와 전혀 무관한 사람이 아닌 언제든지 연락이 닿을 수 있는 가까운 사람 중에 있다는 것은 정말 감사할 일이다. 나의 롤 모델 안희진 교수님을 소개한다.

얼마전에 저녁식사 후 가족들과 함께 텔레비전을 보는데 어디서 많이 본 듯한 사람이 강 위에서 배를 타고 노를 저으며 익숙한 시를 읊조리는 게 아닌가? 하마터면 텔레비전 속으로 빨려 들어갈 뻔했다. EBS의 아틀라스 중국이라는 코너에서 안희진 교수님께서 중국 여행 큐레이터로 나오신 것이다. 내가 본 그 장면에서 읊으신 시도 마침 학부 수업 시간 때 내가 발표했던 시라 더욱 귀에 쏙쏙 들어왔다.

그때를 회상해 보면 수업 시간에 발표할 시를 한참이나 고민하고 고르지 못하고 있었는데 교수님께서 직접 제일 좋아하는 시라고 나에게 발표해 보라고 추천해 주셨다. 게다가 기말시험문제에도 하필 내가 발표했었던 이 시가 통째로 나와서 나만 완벽하게 시를 적어 냈었던 일이 기억이 난다. 시가 워낙 아름답고 좋은 시이므로 잠깐 소개를 하겠다. 中唐(중당)의 문인, 唐宋 8大家(당송 8대가)의 한 사람柳宗元(유종원)의 시漁翁(어옹)이다.

漁翁-柳宗元
漁翁夜傍西巖宿 曉汲淸湘然楚竹 煙銷日出不見人
欸乃一聲山水綠 廻看天際下中流 巖上無心雲相逐.
(어옹야방서암숙 효급청상연초죽 연소일출불견인
애내일성산수록 회간천제하중류 암상무심운상축)

늙은 어부가 지난밤에는 강 서쪽 바위 밑에서 하룻밤을 머물고,
새벽에는 맑은 강물 길러 대나무로 불을 지펴 밥을 짓네.
연기는 사라지고 해는 떠올라도 그 노인 보이지 않고,
뱃노래 한 가락에 산수만 푸르르네.
하늘을 바라보며 강 아래로 내려가는구나,
바위 위에는 무심한 구름만이 이리저리 떠도는구나!

그림 같은 강위에서 배를 타고 이 시를 읊는 교수님의 모습은 마치 풍류시인 같기도 하고 도인 같기도 했다. 수업 시간에도 종종 그런 풍채를 흩날리시곤 했었다. 중국의 고전 시는 한자음보다는 중국어로 읽어야 평측과 음율를 제대로 느낄 수 있어 더욱 더 아름답고 멋지게

감상할 수 있는데 교수님은 자주 시를 원어로 읊어 주시곤 했다.

나는 학부 때 안희진 교수님의 대부분의 강의를 들었는데 수업 시간에도 교수님께서는 따뜻한 감성으로 학생들과 소통하는 아버지 같은 스승님이셨다. 특히 새터민이나 겉으로 보기에도 많이 부족하고 연약해 보이는 학생들을 각별히 챙겨 주는 모습에 남다른 분 같다는 생각도 들었다. 나는 평소에도 연구와 가르침을 즐기며 학교생활을 하는 교수님의 모습이 몹시 부러웠다.

학교 강의 시간 외에도 학생들에게 시간을 많이 내주시기에 시간이 없으실 텐데도 연구와 저술활동도 활발히 하신다. 2009년에는 교수님의 저서가 문화체육 관광부 우수교양도서로 채택되기도 했다. 게다가 가장 부러운 일은 방학 때마다 자전거를 타고 해외여행을 하신다. 정말 내가 살고 싶은 미래의 모습이다. 텔레비전에서 교수님의 모습을 보고 바로 연락을 드렸을 때에도 자전거로 로키산맥을 여행하시던 중이셨다. 안 그래도 부러웠는데 텔레비전까지 나오다니 정말 빼앗고 싶은 삶을 살고 있는 분이다.

단순히 교수님의 삶이 화려해 보이기 때문에 교수님처럼 되고 싶은 것은 아니다. 평소에 수업 시간에 보여주셨던 따뜻한 감성들과 학생들과 소통하는 모습은 나로 하여금 참된 선생을 꿈꾸게 하셨다. 교수님의 삶, 제가 욕심 좀 내겠습니다!

지금은 대학원에서 중국 어학을 전공하고 있지만 중국문학의 소양도 길러서 여행을 하던 나의 업을 살려 텔레비전에 나오는 중국 여행 전문 큐레이터가 되고 싶다는 꿈도 살며시 꾸어 본다. 사실 나는 중국 방방곡곡 안 가본 여행지가 없다. 여행사에서 근무할 때에는 매번 중국 출장만 보내는 회사가 미웠었는데 지나고 보니 다른 인솔자들에 비해서 중국 여행 전문가가 되었다. 중국지역 특성상 영어가 통하지 않는 지역은 중국어를 못하는 선배들이 특히 출장 나가기를 꺼려 했다. 남들이 안 가던 중국 출장만 가야 했던 나는 어느새 중국지역 전문가가 될 수 있었다.

중국의 좋은 경치와 문화유산에는 재미있는 이야기들, 특히 민간 전설과 신화들이 꼭꼭 숨어 있는데 이러한 정신적 유산들도 함께 알게 된다면 더욱더 중국을 친밀히 느낄 수 있다. 나는 중국 관광지에 숨어 있는 문학작품들을 찾아내어 스토리텔링의 형식으로 여행을 느끼게 해주는 그런 큐레이터가 되고 싶다는 꿈을 안희진 교수님을 통해서 꾼다. 부러우면 지는 거다. 부럽다고 지금 신세 한탄만 하지 말고 롤 모델을 통해서 나만의 꿈을 설계해 보자!

지금 당장 내가 롤 모델이 되는 것은 현실적으로 불가능하나 오늘 하루를 롤 모델처럼 살 수는 있다. 꿈을 이루기 위해서는 그 '꿈'처럼 '오늘'을 살라는 뜻이다. 내가 언제 꿈을 이룰지는 아무도 모른다. 그러나 오늘 하루를 '꿈'처럼 살 수는 있다. 나의 롤 모델인 안희진 교수님이 늘 연구하고 공부를 하시듯이 나 또한 하루하루를 그렇게 살다 보면 어느새 내 모습은 롤 모델이 되어 있으리라 믿어 의심치 않는다.

# 내면을 채우는 나만의 방법

가난의 괴로움을 면하는 길은 두 가지가 있다.
자기의 재산을 늘리는 것과
자기의 욕망을 줄이는 것으로
전자는 우리의 힘으로 해결되지 않지만
후자는 언제나 우리의 마음가짐으로써 가능한 것이다
톨스토이

**친구들은** 가끔 나에게 이렇게 묻는다.

"그럼 너는 어떻게 스트레스를 풀어?"

친구들이 나에게 이러한 질문을 하는 까닭은 나는 일부러 시간을 내서 친구들과 만나 밥을 먹거나 차를 마시지 않는다. 모임의 목적이 없이 단순히 얼굴을 보고 수다를 떨기 위한 약속은 아예 하지 않기로 유명하다.

물론 무조건 친구들과의 약속을 정하지 않는 것이 아니다.

"밥 한번 먹자."

"얼굴 보면서 수다나 실컷 떨자."

이렇게 말하는 사람에게는 나는 시간을 내지 않는 편이다.

그러면 인간관계는 어떻게 유지하는지 궁금할 것이다. 첫 번째 비결은 **만났을 때 상대방에게 최선을 다한다.** 두 번째로는 지인의 경조사는 무조건 참석한다. 진정한 친구라면 그 사람이 기쁘거나 슬플 때 함께 있어 줘야 한다고 생각한다.

나는 스트레스를 풀기 위해 따로 시간을 내서 친구들을 만나지 않는다. 그래서 그 이유가 궁금한가 보다. 내 생각에 **스트레스는 푸는 것이 아니라 조절하는 것이다.** 스트레스도 일종의 기분이기에 얼마든지 조절이 가능하다. 그리고 내 기분은 내가 조절하는 것이므로 내 스트레스는 내가 알아서 풀어야 한다.

우리는 스트레스를 받을 때마다 외부의 것을 이용해 욕구를 채워 기분을 풀어주려고 한다. 어찌 보면 가장 쉬운 해소 방법일 수도 있다. 예를 들어 기분이 몹시 상했을 때 달달한 아이스크림이나 초콜릿 같은 것을 먹으면 일시적으로 기분이 좋아진다. 혀의 욕구를 채워 잠시나마 뇌의 달달함을 느끼는 순간이다. 그러나 이렇게 욕구를 해소하므로 스트레스를 푸는 방법은 일시적일 뿐이다. 스트레스를 욕구로서 풀어내는 이러한 임시방편들은 우리의 뇌를 속이고 욕구에 연약한 사람으로 만들어 버린다. 그리고 욕구를 풀어내기 위해서 우리는 더 많은 재화를 계속해서 소비해야만 한다.

우리 할머니의 말을 인용하자면 이 세상에는 돈을 팔지 않으면 재미난 것은 없다고 했다. 가치가 있는 소비가 아닌 단순 욕구 충족이나 스트레스 해소를 위한 소비는 모두 유흥비일 뿐이다. 우리는 이러한 유흥비를 줄여 욕구로부터 우리의 뇌와 내면을 자유롭게 해야 한다.

우리 20대는 내면이 연약하다. 그래서 소비를 함으로서 스트레스를 푸는 것이 습관적이다. 우리는 더 이상 연약한 내면을 욕구를 충족하면서 드는 일시적인 감정으로 채우지 말아야 한다. **우리는 내면을 강화시키고 스스로 스트레스를 조절할 줄 아는 사람이 되어야 한다.** 그러기 위해서는 물론 욕구를 참아내는 인내심이 필요하고 자신의 이성과 내면세계가 끊임없는 소통을 해야 한다. 그리고 유흥비가 들지 않는 자신만의 스트레스 해소 방법이나 탈출구 또는 힐링 방법을 찾으면 내면 강화에 도움이 된다.

소비지향적이지도 않고 내면을 채워주는 나만의 힐링 방법을 공개하겠다. 사람들마다 좋아하는 것과 성향이 다르기 때문에 힐링 방법 또한 각양각색일 것이다. 내가 어떻게 힐링 방법을 찾고 힐링을 하는지를 참고해서 자신만의 힐링 방법을 찾는데 도움이 되기를 바란다.

첫번째로 나는 학교에서 한국가곡반 동아리 활동을 한다. 대학생이라면 본인의 취미나 관심 분야에 집중할 수 있는 동아리를 적극적으로 활용해 보면 자기계발을 할 수 있다. 자기계발을 함으로써 얻는 성취감은 그 어떤 욕구를 충족시켰을 때와는 비교할 수 없을 만큼의 쾌감을 느낄 수 있다. 대학생뿐만 아니라 요즘은 직장인 동아리도 회사나 지역사회에서 활발히 진행되고 있다.

나는 원래 음악을 좋아하는데, 내 남동생은 특히 클래식과 가곡을 좋아한다. 내가 가곡 모임에 들어가기 전에도 우리 남매는 저녁시간에 컴퓨터로 가곡을 틀어놓고 듣거나 따라 부르곤 했다. 모니터를 보면서 노래를 함께 따라 부를 때 재미있다. 우리도 아마 초기 단계에는 서로 부끄러워하는 마음이 있었을 것이다. 사실 나는 좀 부끄럽기도 했다. 그러나 노래를 부르고 나면 감정이 치유되고 깨끗해지는 것을 느낀다. 비록 모니터를 통한 음악 감상이지만 우리는 각종 음악회나 악기 연주를 정기적으로 시청한다. 우리 남매는 서로의 취향에 맞는 새로운 곡이나 아티스트를 발견하면 공유한다. 나랑 아주 가까운 사람이 나와 취향이 비슷하다는 것은 정말 운 좋은 일이다. 그리고 일 년에 한두 번씩은 스스로에게 상을 주듯이 정말로 좋아하는 성악가나 오케스트라의 연주회에 간다.

내가 속한 한국가곡 모임은 단국대 기숙사 학부생들을 위한 모임이다. 가곡 동아리 모집 공고가 게시판에 붙었을 때 '나도 노래 배우고 싶다.'이런 생각이 들었다. 음대 교수님께서 직접 노래를 가르쳐 준다고 한다. 내가 그동안 꿈꿔 왔던 일이었다. 나는 성악가들의 발성이 너무 훌륭하다는 생각이 들어서 꼭 한번 배워보고 싶었다. 그래서 나는 곧장 기숙사 행정실로 찾아가 대학원생이지만 가곡 모임에 참여하고 싶다고 말씀드렸고 행정실 선생님은 음대 교수님께 내 이야기를 해 주셨다. 그렇게 나는 나의 음악 어머니가 된 교수님을 만났다. 그리고 예쁜 동아리 후배 동생들이 생겼다. 대학원 생활에 상담 교사 일하면서 늘 바쁘게 일상을 보내다가도 가곡 모임이 있는 날은 너무 신이 나고 즐거웠다. 나의 대학원 생활의 유일한 꽃이 되었다.

우리는 모여서 노래도 하고 이야기도 하고 밥도 먹고 차도 마신다. 노래와 음악을 좋아해 모인 사람들이지만 어느새 부턴가 서로의 대학생활을 나누고 있다. 이제 나의 삶에서 김난희 교수님과 유난히 나와 교수님을 잘 따르고 많이 챙겨주는 건축과 한경이는 최고의 사람들이다. 그리고 교수님을 만난 후에는 좋은 공연을 직접 볼 수 있는 기회가 덤으로 생겼다. 게다가 우리가 흔히 만날 수 없는 이사장님도 뵐 기회가 생겼고 이사장님께서 우리 가곡 모임을 지지해 주시며 맛있는 것도 사준다. 이사장님께서도 가곡을 좋아하는데 특히 한국 가곡을 좋아하시고 특히 '그네'라는 곡을 잘 부르신다. 내가 쉽게 만날 수 없던 사람도 만날 수 있게 해주시고 새로운 음악적 경험을 할 수 있게 아낌없는 지원과 사랑으로 한국 가곡을 가르쳐 주는 김난희 교수님께 감사드린다.

두번째는 독서모임과 중국어 회화 모임 활동이다. 나는 김형환 교수님의 '연합 나비' 독서모임에 참여하고 있다. 처음에 교수님께서 나에게 독서 모임에 나오라고 하셨을 때 나는 독서모임 이름이 '나비'인 것이 교수님과 참 매치가 안 된다고 생각했다. '나비', 훨훨 날아가는 예쁜 노랑나비를 연상했기 때문이다. 그런데 이 나비는 '나:로부터 비롯되는 작은 영향력을 세상에 퍼트리자'라는 아름다운 의미를 지니고 있었다. 독서모임은 매주 일요일 아침 9시 50분에 한티역에 있는 서울 연합교회에서 시작하는데 8시 50분부터는 각종 소모임이 있다. 나는 소모임 중에서 중국어 회화 스터디에 참여한다.

독서모임의 방법은 매주 동일한 책을 정하여 미리 읽어온다. 그리고 조별로 앉아 한 명씩 발표자를 정해서 가장 인상 깊었던 부분을 구체적인 예를 들어서 토론한다. 책에 대한 평가나 단순한 감정 나열은 지양한다. 구체적인 구절과 페이지 수를 명백히 밝히고 그 부분이 왜 좋은지 이야기한다. 그것이 책과 저자에 대한 예의이다. 그리고 듣는 사람은 질문자가 된다. 질문자는 발표자의 발표 내용에 대하여 비판이나 비난하지 않는다. 발표 내용에 대한 질문만을 해야 한다. 그 이유는 같은 책을 읽고 준비해도 열이면 열 백이면 백 사람들이 저마나 느끼고 깨달은 바가 다르기 때문이다.

이러한 방법으로 책의 내용을 발표하고 질문을 하면서 우리는 다양한 사람들의 견해를 들을 수 있다. 또한 발표자와 질문자의 상호작용을 통하여 발표자는 질문자들의 경청해 주는 모습에 감성이 채워지고 질문자는 경청을 하는 습관을 기를 수 있게 된다. 연합 나비의 독서 토론 방법을 다시 한 번 정리하겠다.


연합 나비의 독서 토론 방법
모든 활동은 조별로 이루어지고 조의 구성원은 매주 바뀐다.

(1) 선행 독서가 우선이다

① 독서모임에 참여하기 전에 반드시 정해진 독서 목록에 따라 선행 독서를 한다. 연합 나비에서는 2주 동안 같은 책을, 1주는 자유 독서를 한다.

② 독서의 방법은 본, 깨, 적으로 한다.

　　본　저자의 관점에서 본 것.

　　깨　나의 입장에서 깨달은 것.

　　적　내 삶에 적용할 것.


(2) 자기소개


① 자신의 나이, 이름, 하고 있는 일 또는 소속을 밝힌다.

② 독서모임에 오게 된 경로를 밝힌다.

③ 독서모임에 나와서 얻고자 하는 바를 이야기한다.


(3) 책의 내용 토론


① 지난주에 감사했던 일과 다음 주에 감사할 일을 이야기한다.

② 책의 내용 중 인상 깊었던 구절을 페이지 수를 명기하며 이야기
한다.

③ 토론 후에는 사진을 찍고 밴드에 올린다.


　나는 내가 책을 읽고 감동적인 부분이나 함께 공유하고 싶은 구절
을 이야기할 때 내 이야기를 주위 깊게 들어주는 조원들의 모습에 늘

감동받는다. 토론하다 보면 토론의 내용이나 읽은 내용에 다른 사람과 공감이 될 때가 있다. 그러다 보면 공감대를 형성하는 사람들과 좀 더 이야기하고 싶어지고 물어보고 싶어지는 순간이 저절로 생겨난다. 독서에서 나아가 사람에 대한 관심이 생기는 것이다.

독서모임에 나오는 사람들은 서로에게 '선배님'이라 부르는 '선배 문화'가 있다. 나이가 많든 적든 나이에 상관없이 서로가 서로에게 배우는 열린 마음을 지니고 있기 때문이다. 사람은 관심 받고 있다는 생각이 들면 지난날의 슬픔이 힐링이 된다. 소비지향적이지 않으면서 내면을 꽉꽉 채울 수 있는 모임으로는 독서모임만한 것이 없다. 혼자서는 책 읽기가 힘든데 독서가 필요하다고 느끼는 사람이라면 누구든지 언제든지 환영이다.

뜻밖의 황금연휴가 있던 해가 있었다. 토, 일, 월 화로 5월 3일부터 6일까지 긴 연휴였다. 정말 쌈박하고 알뜰하게 보내고 싶었다. 그래서 남동생과 함께 제5회 단무지 독서 MT에 참가했다. 단무지 MT란 단순 무식 지속적 책 읽기의 뜻을 지니고 있다. 어떤 사람들은 돈도 내고 일부러 시간까지 내서 책을 싸 들고 책을 보러 가는 것이 도저히 이해가 가지 않을 수도 있겠다. 게다가 이런 황금연휴를 독서에 투자한다며 놀랄 것이다. 그러나 책 읽기를 좋아하는 사람들은 오직 책만을 위한 시간을 가질 수 있다는데 무한한 설렘을 느낀다.

이번에는 강원도의 하이원 리조트에서 독서 MT가 진행되었는데 대 연회장에서 1천 명의 사람들과 함께 독서를 하고 토론을 하며 소통을 하는 경험은 돈을 주고서 쉽게 살 수 없을 거라 판단된다. 독서 MT 에는 다양한 연령대의 참여자들이 있었는데 그중 가장 인상에 남는 사람들은 초등학교의 어린 자녀를 데리고 온 학부형들이었다. 자식 에게 즐겁고 재미있는 독서 습관을 길러주기 위하여 노력하는 부모의 마음을 느낄 수 있었고 나도 부모가 되면 본받고 싶은 모습이다.

누가 독서는 마음의 양식이라 하였던가? 독서모임과 독서 MT는 마음의 양식을 채워줄 뿐만 아니라 매번 새로운 사람들과 소통의 기회를 제공한다.

# 할 수 있는 일과
# 할 수 없는 일을 구분하라

열정과 끈기는 보통 사람을 특출하게 만들고
무관심과 무기력은 비범한 이를 보통 사람으로 만든다.
와드

**진로 상담을** 할 때 가장 어려운 내담자는 본인의 학과와 자신의 적성이 맞지 않아 고민하는 학생이다. 대부분의 대학생들이 그렇듯이 점수에 맞춰 대학과 학과를 결정했기에 적성에 맞지 않는 학과 공부를 해야 하는 경우가 다반사이다. 다음 몇 가지 사례를 예로 들겠다.

① 국문과 여학생인데 부모님의 권유로 국문과에 들어왔지만 연예인이 되고 싶고, 국문학에 전혀 관심이 없어 학과 생활에 적응하기가 힘들다.

② 건축학과 남학생인데 건축과는 부모님의 권유로 입학했고, 성악을 전공하고 싶어 진지하게 고민 중이다.

③ 기계공학과 여학생인데 원래는 간호학과에 지원을 하고 싶었으나 점수에 맞춰 기계공학과에 지원을 했고, 여전히 간호사의 꿈을 꾸고 있다.

④ 동물자원학과 남학생인데 동물자원학과에 대한 이해도가 전혀 없

이 수의사가 되고 싶어 지원했다.

⑤ 파이버시스템공학과 남학생인데 과에 대한 이해도가 전혀 없었고 원래는 디자인을 배우고 싶었다.

⑥ 소프트웨어학과 여학생인데 게임을 만들고 싶어 따로 학원에 다녀야 한다.

위의 사례의 학생들은 서로 비슷한 상황에 처해 있다. 어쨌든 본인이 배우고 싶고 하고 싶은 공부를 학교에서 배울 수가 없기에 학교생활 자체가 불만인 학생들을 예로 들었다. 위 학생들은 자신이 하고 싶은 공부를 가슴에 묻어둔 채 외부환경의 요인인 부모님의 권유 또는 수능 점수 등으로 인하여 매일 듣고 싶지도 않고 흥미도 없는 강의를 듣고 있다.

이러한 학생들은 감정의 기복에서도 상당히 비슷함을 나타냈는데 억울함, 분노, 두려움, 포기, 나태, 무기력이다. 처음에는 점수에 맞춰 들어온 자신의 상황을, 예를 들어 좀 더 좋은 대학 또는 자신이 원하는 학과에 진학하지 못한 것에 대하여 상당히 억울함을 나타낸다.

이 억울함은 곧 분노가 되어 자신을 지금 이러한 상황에 처하게 만든 사람들에 대해 분노한다. 예를 들어 원치 않는 학과에 부모님의 간곡한 권유로 들어온 학생의 경우에는 학과 공부에 흥미를 전혀 못 느껴 뒤처지게 되면 모든 것을 부모님의 탓으로 돌린다. 이렇게 억울함과 분노에 쌓여 한달 남짓 생활하고 나면 중간고사 기간이고 그동안 공부한 것이 없으니 갑자기 학교생활이 두려워지기 시작한다. 학교생활이 두려워지는 학생들은 이번 학기를 과감하게 포기하고 휴학을 고민하기도 한다. 휴학까지 생각하는 학생들은 결국 학교에 나오지 않는다. 이러한 생각들만으로도 충분히 복합적으로 정신과 육체를 나태하게 하고 무기력하게 만든다. 그래서 이러한 학생들의 학교생활은 나태하고 무기력하다. 고등학교 때 분명히 누구보다도 열심히 공부했을 학생들이다. 그런데 왜 지금 이러한 상황에 처해 이러지도 저러지도 못하고 있을까?

이러한 학생들이 무기력함에서 빠져나와 좀 더 집중력 있는 학교생활을 할 수 있게 하는 나의 첫번째 해결책은 어찌할 수 있는 일과 어찌할 수 없는 일을 구분하는 것이다. 현재 상황에서 어찌할 수 있는 일과 어찌할 수 없는 일을 구분 짓고 일단 할 수 있는 일부터 시작하게 한다. 과감히 휴학하거나, 편입을 하거나, 부모님을 설득할 수 있는, 즉, 상황을 역전시킬 기량이 지금은 부족하다면 바로 할 수 있는 일부터 시작해 보도록 하는 것이다. 바로 학과 공부이다. 다른 상황들은 모두 어찌할 수 없는 일이고 지금 학생 신분으로서 할 수 있는 어찌할 수 있는 일은 본연의 임무에 충실한 것이 진리이다.

다시 학과 공부를 시작해 보라고 하면 학생들은 힘이 들 것 같아서 하기 싫다고 말한다. 여기서 우리는 또다시 중요하게 생각해 보아야 한다. '힘드냐? 안 힘드냐?'의 문제가 아니라 '할 수 있느냐? 할 수 없느냐?'를 따져 보아야 한다.

우선은 무기력함에서 빠져 나와 본연의 임무에 충실해야 자기 주장할 권리가 생긴다. 본연의 임무에는 나태하고 태만한 채 상황과 남만 탓하는 사람은 신뢰감이 없어 자기 주장이 타인에게 인상 깊게 전달이 되지 못한다.

무기력에서 빠져나와 생활의 안정을 찾은 후에는 다시 한 번 하고 싶은 일, 해야 하는 일, 할 수 있는 일에 대해서 진지하게 고민해 보고 가장 우선 순위의 가치에 부합하는 최선의 일을 선택하면 된다. 아직 흔들리지 않을 만큼 자신 있는 가치관이 없다면 가장 덜 후회할 일, 가장 미련이 덜 남게 되는 일을 선택하도록 권장한다.

사실 이러한 무기력함의 극복 방법들은 어느 날 하루아침에 내가 생각해서 내놓은 방법이 아니다. 나 역시 많은 고민과 난관에 부딪혀 무기력해지려고 할 때마다 나의 멘토 김형환 교수님께서 상황을 빨리 극복하는 방법으로 알려준 극약 처방이다. 나 역시 처음 대했을 때 어찌할 수 있는 일과 어찌할 수 없는 일을 분리화시키는 것조차도 힘이 들었다. 내가 감히 어찌할 수 없는 일조차도 과감히 버리지 못하겠거나, 고민을 계속해야 하는 나 자신 때문에 괴로워했었다.

그렇지만 역시 내가 할 수 있는 일에 집중하며 나의 시선을 어찌할 수 없는 일로부터 돌려놓는 것이 인생을 에너지 있게 살 수 있는 노하우인 것을 체득한 후로는 나 역시 학생들에게 이 방법을 전수해주고 있다.

# 제 3장

아프지 않고
성장할 수 없다

# 사명감을 갖고 일해도
# 무시를 당한다면

**직업의** 귀천은 있는 것일까? 직업 간의 서열이 존재하는가? 그래서 우리는 학생들에게 공부를 잘해서 일등을 하라고 부추기는 것일까? 공부를 잘하면 상대적으로 돈을 잘 벌 수 있고, 성공하기가 쉬운 직업을 얻는 것일까?

최근 가장 인상 깊은 기사라기보다 분노했던 기사는 소위 부자동네의 고급 아파트의 한 경비원 아저씨께서 분신자살을 한 사건이다. 이 사건의 피의자는 자살한 경비원에게 상한 음식을 먹으라고 권유하는 등 상당히 인격적인 모욕감을 주었다고 한다.

인격체라면 자신이 판단하기에 아무리 하찮은 일하는 사람으로 보일지라도 타인에게 함부로 모욕감을 주는 행위를 해서는 안된다. 한 가정의 가장에게 그렇게까지 하다니! 정말 경악을 금치 못했다. 지성인이라면 타인이 목숨을 잃을 만큼, 아니 적어도 인간이라면 생명체의 자존감을 떨어뜨리는 모멸감을 주는 행위를 타인에게 절대로 해서는 안 된다.

이 기사를 보고 있자니 몇 년 전 서울의 한 대학의 한 여학생이 학교 청소부 노동자에게 반말을 하며 욕을 했던 사건이 떠올랐다. 이렇게 어른이나 학생이나 직업의 귀천을 따져가며 인격을 무시하고 차별을 하는 시대에 우리는 살고 있다.

심지어 학생들의 태도에 나는 가끔 혀를 찰 때가 있다. 학생들은 자신의 전공 주임교수님들께는 벌벌 떠는 모습까지도 보이지만 젊은 시간 강사들은 가볍게 여기고 함부로 대하는 학생들도 볼 수 있기 때문이다.

나는 상담 시간에 상담실에 학생에게 먼저 들어가 앉아 있으라고 한다. 상담실에는 푹신한 편안한 의자 한 개와 딱딱한 나무의자 한 개가 노여 있는데 학생들은 굳이 안쪽의 가장 편한 자리에 앉아서 상담 선생님을 기다리는 모습은 다소 당황스럽다. 그럼 나는 안쪽의 편안 의자에 앉아 있는 학생들에게 말한다. "어떻게 안쪽에 앉아 있네."라고 하면 학생은 "이 자리가 편해서요."라고 당당히 말하는데 처음에는 이해하기가 어려웠다. 이러한 학생들이 첫 직장에 들어가서 직장 상사들과의 겪는 마찰은 불 보듯 뻔한 일이다.

요즘 이러한 기사들과 학생들의 태도를 보고 우리 사회는 지금 상대방의 인격에 대한 배려와 상대방의 직업에 대한 배려가 아주 엉망이라는 결론을 내렸다. 학생들이 사회에 진출해서 자신의 직업에 대한 사명감과 가치관을 갖는 것은 물론 중요하다. 하지만 타인의 직업에 대한 배려가 없이 사회를 대하는 태도는 아주 위험하다. 아직 가정을 이루지 않은 젊은 사회인들은 자신의 짧은 잣대로 상대방의 직업을 무시하거나 하찮게 여길 수도 있지만 그 한 사람 한 사람이 모두 우리 사회를 이루는 소중한 구성원이며 한 가족의 소중한 일원이라는 사실을 잊어선 안 된다.

'사' 자 들어가는 직업뿐만 아니라 우리 사회는 '3D' 직업도 누군가는 역할을 해줘야 제대로 돌아가기 마련이다. 게다가 요즘은 100세 시대에 돌입했기에 실제로 대단한 직장에서 퇴직을 한 후 서비스업이나 일용직 노동자로 일하는 노년이 늘어나는 추세이다.

그래서 눈에 보이는 세상이 전부가 아니라고 학생들에게 꼭 말해주고 싶다. 사실 연세가 지긋하신 외래강사 분들은 사회적으로 더 권위 있고 지위가 높으신 분들이 많은데 학생들이 자신의 짧은 식견으로 강사 선생님들을 함부로 대하는 모습을 볼 때면 내가 다 민망해질 정도이다.

이러한 태도를 가진 학생들은 아직 사회에 나가 적응할 준비가 덜되었다고 나는 확실하게 말해주고 싶다. 여태껏 자신의 삶은 온전히 자신의 힘으로 성과를 내왔었지만 앞으로의 사회에서는 다양한 사람들과의 접촉 그리고 배려가 필요하므로 타인의 직업에 대한 편견 없는 태도를 갖는 인재가 되어야 한다.

다시 한 번 강조 하고 싶은 말은 대학생들이 나의 진로에 대한 가치관을 찾고 중요하게 여기는 만큼 타인의 직업에 대한 가치관 또한 존

중 할 줄 아는 인재가 되어야 한다는 것이다. 직업에 대한 높고, 낮음
을 판단하기 보다는 직업의 사명감을 가지고 타인의 직업을 평등하게
바라볼 줄 아는 시선을 가져야 진정한 지성인이다.

# 서른이 힘든 이유

인생을 두려워하지 마라.
인생은 살아볼 만한 가치가 있는 것이라고 굳게 믿어라.
그 믿음이 마지막에 가치 있는 삶을
창조하도록 이끌어줄 것이니!
로버트 H. 슐러 박사

"삶이 힘드세요?"

"네, 그래요."

"그럼 아주 잘 살고 있으신 겁니다."

서른이 힘겹다면 우리는 아주 정상적으로 잘 살고 있다는 증거이
다. 확실히 열 아홉에서 스무 살은 설렘이었다. 그런데 스물아홉에서
서른은 두려움이다. 서른으로 넘어가는 이 과정이 두렵고 아픈 이유
는 여기에 있다. 20세의 당당한 패기로 10년 동안이나 사회와 부딪히
며 살아왔지만 서른을 앞둔 지금 나에겐 돈, 회사, 결혼 그 어느 하나
내세울 만한 것이 없기 때문이다.

그렇다고 통장 잔고의 액수가 지난날 나의 십 년간의 삶을 대변하
느냐? 아니다. 회사의 네임밸류와 직책이 나를 대변하느냐? 또 그것도

아니다. 그럼 배우자가 나를 대신할 수 있을까? 그건 더욱 아니다. 그 냥 나는 나일 뿐이다.

그냥 '아모르파티'(Amor fati) 자신의 29세를, 운명을 사랑하자!

29세 정도에는 세상에서 소위 '갑'으로 살 줄 알았는데 여전히 인생 의 '을'로 생각되어 우울한 당신! 지금부터라도 철저히 '갑'이 되는 준 비를 하자!

① 나의 존재 가치를 생각해보자

"태어났으니까, 살아간다." 라는 패배주의적인 사고는 자신을 평생 '을'의 위치에 두는 것이다. 내가 왜 존재하느냐?를 확고히 하는 것이 제일 중요한 이유는 무엇을 행하든지 삶의 본질이 되어 세상의 흔들 림으로부터 나를 보호해 주기 때문이다. 즉, '내가 왜 존재하느냐?'는 '내가 왜 공부를 해야 하지?' '내가 왜 회사를 열심히 다녀야 하지?' 의 답이 되어준다. 그렇지만 나의 존재 가치를 생각해 내는 일은 무지 힘 들고 어려운 일이 될 수도 있다. 여태껏 그런 생각을 해보지 않고 살았 기 때문이다.

② 철저히 '을'로 살아라

이십 대 후반의 당신! 아직도 회사를 이리저리 옮기고 있는가? 아직도 자신이 하고 싶은 일을 찾고 있는가? 아직도 전공에 연연하는가?

우선 이 세 가지를 철저히 버려야 한다. 이제는 내가 하고 싶은 일 보다는 세상이 필요로 하는 일에 내가 한몫 끼어서 열심히 해봐야겠 다는 절박함으로 살아야 한다. 절박함과 생존 의식으로 세상이 필요 로 하는 일을 하면서 전문성을 키워나가고 삶을 성장시키는 사람이 '갑'이 되는 세상이다. '갑'은 하루아침에 되는 것이 아니라 철저하게 '을'로 살았던 성과다.

③ 인생은 사업이다

우리는 이제껏 이십 대 동안 인생 사업을 위한 사전 답사를 했을 뿐 이다. 대학을 나오면 뭔가 될 줄 알았는데 회사에 취직하면 끝날 줄 알 았는데 인생이란 끊임없이 배우고 노력해야 하는 과정이었다.

우리의 인생에 대박은 없다. 우리는 먼저 인생 사업에 성공했던 분 들을 본보기로 그들의 삶의 방식과 선택 방법을 모방해서라도 우리의 인생 사업을 성공시켜야 한다.

# 고장 난 시계 속의 시간

청춘과 잃은 시간은,
영원히 되돌아오지 않는다.
독일 속담

누구는 이미 15세의 어린 나이에 25세의 삶을 살아버리고 또 누구는 20세에 10대를 살아간다. 또 다른 누구는 10대의 어린 나이에 30대의 인생을 알아채고 씩씩하게 살아버리고 만다. 또 안타까운 사실은 다른 누군가는 시간이 7세 아니 심지어는 3, 4세 때에 머무르기도 한다.

그 누군가가 시간은 공평하다고 했는가? 그렇게 말했던 사람들은 과학시간에 틀림없이 졸았을 것이다. 적어도 시간이 누구에게나 공평하다는 가설을 입증하기 위해서는 똑같은 실험 조건을 갖추어야 한다. 다음과 같이 말이다.

사람은 한날한시에 태어나야 한다. 최대한 비슷한 성격과 자아, 취향을 가지고……. 체격도 최대한 비슷해야 한다. 실험 오차를 최대한 줄이기 위해서이다. 또한 같은 조건의 부모 밑에서, 똑같은 애정과 영양 그리고 교육을 공급 받아야 한다. 그래서 사람들이 최대한 비슷하게 성장했을 때야 비로소 우리는 시간이 공평하게 적용했다고 할 수 있다.

잔인하게도 사실적으로 사람들은 태어날 때부터 불공평한 시간의 양적 가치를 할당받는다. 이 세상은 태어난 후 그다음은 "네가 알아서 살아라!" 한다. 한날한시에 비슷한 사주를 가지고 태어난 사람들도 이 시간의 양적 가치에 따라 이미 누구는 미래를 살고, 또 다른 누구는 과거에 매여 현재의 시간조차 빼앗겨가면서 산다. 어떤 불행한 이들의 시간은 사람의 인격마저도 빼앗아 가버리니까.

이러한 사람들은 자신이 20세, 30세의 시간을 살아도 현재의 시간조차 자각하지 못한 채 무심하게 세월이라는 걸 그저 정처 없이 흘려보낸다. 물론 이 무심한 세월을 잘 버텨내는 강인한 사람들도 있겠지만, 대부분이 먼저 성공한 사람을 봤을 때 좌절하고 자기 자신은 성공하기에는 너무 늦었다고 생각한다. 좌절하고 아파하는 사람들은 과거에 너무 많은 시간을 빼앗기고 있다. 자기 자신을 정지한 채로 내버려둔 채……. 그렇다고 세월은 기다려주지 않는다. 그래서 세월은 무심하다고들 하는 것이다.

돌보지 않는 세월은 오히려 가속도를 붙여 저멀리 더 속절없이 가기 마련이다. 정신없이 세월을 보내다 눈을 떠보니 어느새 지금이다. 그렇다고 주저앉아 세월만 보내며 후회할 것인가? 아니면 인정하고 고통을 감내해 성공할 것인가? 사람은 누구든 성공을 한다. 그 깨달음이 늦었을 뿐. 성공은 성숙이고 적어도 살아가면서 한 번쯤은 이 성숙의 단계를 거치기 마련이니까 적어도 죽기 전에 단 한 번쯤은 말이다. 포기하지 않은 자는 성숙할 수 있고 성숙하면 성공한다. 무심한 세월 속에 자아를 더 이상 묻혀 두지 말자.

고장 난 시계에 맞춰 흐르는 대로 시간을 보내는 삶은 잃는 것이 많다. 고장 난 시계를 정지한 채로 두면 하루에 두 번은 시간이 맞는다. 기다리면 가끔 시간이 해결해 주는 속 편한 일도 있지만 남들에 비해서 22번의 시간을 틀리게 된다. 그렇게 22번의 기회를 놓친다. 그렇다고 고장 난 시계를 하루아침에 뜯어 고치기에는 기술도 없고 방법도 모른다. 자질구레한 부품이 너무도 많고 세월에 녹도 많이 슬었다. 시도조차 엄두를 내지 못한다. 그렇다고 과거에 매여 계속 아파만 할 것인가?

**정말 스스로 일어날 힘과 기운조차 없다면 주변의 도움을 받아라!** 변하고자 노력하고 진심과 정성을 다해 재기한다면 틀림없이 주변의 도움이 있을 거라고 믿는다. 이 세상은 아직 더불어 사는 아름다운 곳이기에 절대 의심하지 않는다. 당신이 고장 난 시계의 시간 속에서 여전히 공허한 시간을 보내고 있다면 이제부터라도 고치겠다는 굳은 마음만 가지면 된다.

이 글은 내가 20세 때 썼던 글이다. 시간이 지난 뒤 묵혀 두었던 글을 찾아내어 읽는 기쁨이 뭔지 알게 해주었다. 내가 20세 때는 이 세상이 참으로 불공평하다고 느꼈었고 이 세상의 정의라고는 눈곱만큼도 찾아볼 수가 없다고 생각했었다. 마치 내가 고장 난 시계 같기도 했고 고장 난 시계 속에 갇혀 살고 있는 사람인 것 같기도 했다. 세상 사람들은 제시간에 맞게 잘 성장해가며 살아가는 듯 한데 나의 시간만은 과거에 멈춰버려 헤어 나오질 못했기 때문이다. 세상에 불만이 많았고 삶에 전투적인 자세들이 글의 어투에서 고스란히 느껴진다. 확실히 지금 쓰는 글들이 훨씬 부드럽고 읽기가 편해진 걸 보면 내 마음의 상태가 확실히 그때보다는 많이 안정을 찾은 듯하다.

이 글을 통해 하고 싶었던 이야기는 가진 것이 없어 연약한 존재들아 우리 더 이상 아파만 하지 말고 더 이상 무기력해지지 말고 오뚝이처럼 일어서서 '뭔가 해보자!' '뭔가 시도해 보자!' 이러한 메시지를 전달하고 싶었다. 한없이 무기력하고 나태했었던 나 자신에게 스스로 격려하고자 하는 의지의 글이었다.

요즘 자주 예전 글을 통해서 20세의 나와 만나는 기회를 가져본다. 20대 초반에는 주어진 상황이 견뎌내기가 힘이 들어 나 자신을 미래로 보내고 즐거운 미래를 상상하곤 했었다. 즉, 우울한 현실을 '미래 감성'으로 극복하려 했다. 서른의 지금은 그때 써 놓았던 글을 통해 지난날의 나를 잠시나마 회상해 본다.

서른의 내가 20세의 나를 자주 만나고자 하는 이유는 내가 상담교사로 일하면서 20세의 학생들과 눈높이를 맞추기 위해서이다. 가끔 상담을 하다 보면 대학생활에 무기력하고 우울한 친구들이 있다. 그 친구들의 우울함의 문제는 파고들어 보면 결국은 가정사의 문제이고 너무도 아팠던 청소년기가 지금의 삶까지도 우울하게 하고 있었다. 나 역시 그랬었기에 내 이야기를 들려주면서 공감하고 함께 힘을 내어보자고 감성을 자극한다. 20세는 세상에 아파만 하기에는 아까운 시절이다. 20세는 충분히 아픔을 극복할 수 있는 힘을 갖는 나이다.

# 우리는 왜 평소에 행복하지 못할까

인간이 불행한 이유 인간이 불행한 것은
자기가 행복하다는 것을 모르기 때문이다.
이유는 단지 그것뿐이다.
오직! 그것을 자각한 사람은 곧 행복해진다. 일순간에.
도스토옙스키

어느 한 유치원생이 있었습니다.

그 아이는 전혀 행복하지가 않았어요.

늘 지겹고 따분하고 재미없었죠.

하루빨리 재미있게 살 수 있기를 기도했어요.

왠지 초등학교에 가면 재미있을 것 같았어요.

그래서 초등학생이 되었는데 역시 지루하고 따분했죠.

그럼 중학생이 되면 인생이 재미있어 질까요?

중학생도 역시 따분하긴 마찬가지였죠.

하루빨리 고등학생이 되고 싶었어요.

이럴 수가 고등학생이 되자 더 힘들고 외로운 거예요.

어른이 되면

왠지 내가 하고 싶은 것들을 마음껏 할 수 있을 것만 같아요.

그래서 그 유치원생은 이제 20세가 되었어요.

그런데 이게 웬일이에요 세상의 별 것 아닌 것들이

비수가 되어 내 가슴에 꽂히는 거예요 너무 아팠어요.

내가 아직도 어리기 때문에 아픈 것 같아요.

난 완전하지 않으니까요.


30세가 되면 난 완벽해지고 아프지 않을 것 같아요.

행복해질 수 있을 것만 같아요.

그러다 어느 날 갑자기 슬퍼졌어요. 아무것도 하지 못할 만큼.

난 지금이 제일 행복하지 않다는 사실을 알게 되었거든요.

그럼 난 언제가 가장 행복했을까요?


10년 전 그리고 10년 전 아니 더 더 10년 전인

유치원생일 때가 제일 행복했었다는걸.

난 늘 행복했었다는 걸. 유치원생은 자기가 행복한 아이였다는 걸.

그때는 왜 몰랐을까요?

왜 난 행복에 집착하고 상처 속에서만 해 맸을까요?


행복은 바로 지금 이 순간인데 말이죠.

당신은 아직도 유치원생입니까? 아니면 어른입니까?

아니면 어른 아이인가요?

유치원생은 늘 기다렸어요.

재미있고 신나는 일들을.

누군가가 행복하게 해주기만을 바라왔었죠.

어느 누군가가 달콤한 케이크를 사 들고 와준다던지,

놀이동산에 데려가 주던지, 날 위한 노래를 해준다던지

이런 걸 바라는 어리석은 아이였죠.

그런 일 조차 일어나지 않는다면

마법사라도 나타나서 초능력을 알려준다면

내 뜻대로 다 해볼 텐데 이런 생각도 해보았죠.

그런데 역시 그런 일들은 쉽게 일어나는 일들은 아니죠.

그런 일들이 안 생긴다고 유치원생은 늘 심심해하고

일상은 재미없다고 말하곤 했죠.

습관처럼. 누군가 이 가여운 아이에게

넌 지금도 충분히 행복해 이렇게 말해 줄래요?


이 글을 읽다 보면 너무 유치하다는 생각이 들 것이다. 내가 쓴 글
이지만 지금 봐도 재미있고 유치하다. 이 글은 한 십 년 전에 써 놓았
던 글을 우연히 발견한 것인데 십대에 그리고 중학교 때와 고등학교
때 써놓았던 일기를 보고 난 후, '언제 가장 행복했었지?' '지금은 과연

행복한가?의 질문에 답을 찾고자 써보았던 즉흥시였다. 시를 쓰면서 나의 어린 시절을 회상해 보니 그래도 좋았던 기억들이 비교적 많았기에 나는 행복한 사람이라는 결론을 내렸다.

그런데 지금 삶을 살고 있을 때 삶 속에서 행복하다고 느끼지 못했던 이유를 찾아보니 나는 유치원생일 때부터 자주 일상이 심심하다고 느꼈었고 심심한 것을 '불행'이라고 착각하며 살았던 것이다.

이제 와서 생각해보니 내가 자주 심심했기에 그 시간에 공부를 하고 독서를 했던 일들이 너무 감사하고 행복하게 느껴진다. 옛 속담에 '논 자취는 없어도 공부한 공은 남는다.'고 했다. 놀지 않고 힘써 공부하면 훗날 그 공적이 반드시 드러날 것이니 아무쪼록 공부에 힘쓰라는 뜻이다.

나처럼 자주 심심하다고 느끼는 심심한 청년이라면 공부를 하거나 독서를 해보라고 권장한다. 먼 훗날 자기 자신에게 틀림없이 고마워할 테니까!

# 20대여, 안녕

인생이 끝날까 두려워하지 마라
당신의 인생이 시작조차 하지 않을 수 있음을
두려워하라
그레이스 한센

**내가** 이십 대 초반 사회 초년생일 때 나의 절친 회사 동기 언니들은 29세였고 자신들의 나이가 이십 대의 막바지라는 사실에 너무나도 슬퍼했었다. 그때까지만 해도 나는 나이는 숫자에 불과하다고 여겼기에 29세 언니들의 유난이 그다지 나의 공감대를 형성하지 못했다.

사실 나는 20대 때부터 하루 빨리 30대가 되고 싶었다. 그러면 내 삶이 조금은 더 안정되고 나는 강해져 있으리라 믿어 의심치 않았기 때문이다. 정말 언니들은 만날 때마다 매일매일 29세 나이 타령이었다. 그러던 어느 날은 참다 못해 "스물아홉 살이랑 서른 살이랑 뭐가 달라?"이렇게 말을 하고 그만 유난을 떨라고 언니들을 마구 구박했던 적도 있었다. 그때 언니들은 나에게 이렇게 말했다.

"너도 스물아홉 살이 되어봐! 그때는 우리 마음을 이해할 수 있을 거야!"

정말 내가 29세가 된 해, 그 순간부터 내 머릿속을 뱅뱅 돌았고, 말의 뜻을 절실히 이해할 수 있게 되었을 뿐만이 아니라 아주 뼈저리게 느끼고 있다. 이렇게 나의 아홉 수 앓이는 시작되었다.

유명 개그 프로그램인 개그콘서트에서도 한참 동안이나 "아홉 수라 그래."라는 유행어가 있을 정도로 '아홉 수'에 대한 사람들의 반응은 예민하다. 실제로 개그우먼 박지선 씨와 오나미 씨가 29세 때 연기한 프로그램이라 방송 당시 꽤 유명세를 탔었다. 또 박지선 씨는 나의 고등학교 1년 선배다.

나는 나름 '수'에 관해서는 자신이 있다. 세상에는 가지각색의 '수'들이 많이 있다. 사주나 토정비결을 따로 공부하지는 않았지만 집안 내력으로 저절로 터득이 되는 그런 것이 있다. 사실 아홉 수는 별 거 아니니까 사람들이 너무 예민하게 굴지 않았으면 좋겠다. 아홉 수보다 더욱더 조심해야 하는 것은 바로 일곱 수이다. 게다가 사람마다 타고난 팔자와 사주가 다르기에 누구나 삼재나 아홉 수에 힘든 고비를 겪는 것은 아니니 29세 청춘들이여, 기 팍팍 세우고 열심히 살아가기를 바란다.

예로부터 사주나 토정비결은 취량사악의 정신으로 좋은 것은 취하고 나쁜 것은 피하고자 하는 아주 좋은 의도를 가진 우리 선조들의 지혜이다. 이러한 문화유산을 가지고 현대인을 혹세무민하는 그런 일들은 지양되어야 한다. 그런데 이토록 잘 아는 나는 왜 그렇게도 29세의 시절을 견디기 힘들어했을까? 변명으로 속담을 인용하자면, 스님도 제 머리는 스스로 못 깎는단다.

나는 지치고 우울하다 못해 나태해졌었다. 특히 29세라 아팠다. 특히 29세 여자라서 더 많이 아팠다. 페이스북이나 카톡에 올라오는 친구들의 결혼 화보 촬영 사진들은 아침부터 나의 신경을 예민하게 했다. "나도 결혼을 할 수 있을까?"라는 쓸데없는 생각을 아침부터 하게 된다. 나는 정말 간신히 대학원 수업을 듣고, 겨우겨우 일을 하며 지냈다. 그리고 일이 없는 금, 토, 일 주말에는 식음을 전폐하고 잠만 잔적도 있다. 나는 이때 사람이 3일 동안 잠만 잘 수도 있다는 신기한 경험을 체험한 셈이다.

20대 초반에 나는 아주 씩씩했다. 열심히만 하면 뭐든지 다할 수 있을 것 같았다. 그리고 그렇게 믿어 왔다. 그런데 지금은 오히려 겁쟁이가 되었다. 세상에 나서는 데 있어서 20세 때처럼 용감하지가 못하다. 내가 우울해했던 가장 큰 이유는 나는 30세가 되면 아주 완벽한 인생을 살고 있을 거라고 상상했었는데, 그렇게 되어 있을 거라고 믿어 의심하지 않았다. 30세는 그냥 지금 이 시점으로 부터 6개월 후의 나의 모습이라는 생각을 하니 내 기분은 저 땅 속 밑으로 한없이 가라앉고 있었다.

그런데 그렇게 우울해하던 나는 극복을 하고 다시 극성쟁이로 돌아와 이렇게 책을 쓰기 시작했다. 6개월 동안이나 29세라는 사실에 힘들어 했고 지난날 나의 20대를 아주 많이 아파했었는데……. 그 기분이 또 의외로 순식간에 풀렸다.

　이제 나의 아홉 수 앓이를 벗어날 수 있었던 계기를 이야기하겠다. 나는 매주 김형환 교수님의 연합 나비 독서모임에 참여를 하는데 독서모임이 끝나면 교수님은 우리 청년들에게 진로나 취업 코칭을 해준다. 진로와 취업에 관한 이야기를 하는 것이 가장 서로에게 건설적이지만 청년들은 때로는 우리의 아픔이나 감정을 교수님 앞에 털어놓고는 한다.

　독서 모임이 끝나고 나면 상담을 받기 위한 사람들이 한 테이블에 모여 김영환 교수님을 기다린다. 나는 그날 내가 상담을 받을 거리가 없더라도 교수님이 남들을 상담해 주는 모습을 옆에서 경청한다. 교수님께 상담을 받으러 온 내담자는 내가 옆에서 듣는 것이 불편할 수도 있겠으나 내가 상담 방법을 익히는데 있어서 많은 공부가 된다. 더 솔직히 말하면 나는 아직까지 그 누군가에게 나의 아픔에 대해서는 개별 상담을 받아 본 경험이 없다. 내 속마음을 드러내는 것이 익숙하지가 않기 때문이다. 그래서 남들이 속마음을 털어놓으며 상담을 받을 때 얼마간의 대리만족을 느낀다.

　그날도 그랬다. 마침 운이 좋게도 나와 상황이 비슷한 내담자들이 찾아왔다. 29세 여자 분들이었다. 처음에는 29세의 한 여자 분의 개인 상담으로 시작이 되었는데 그 분의 아픔과 질문을 함께 공유하고 공감하다 보니 어느새 우리는 그룹상담의 형태로 진행되어 가고 있었다. 같은 또래의 내담자들이 모였기에 서로들 자기가 더 아프다고 이

길세라 질세라 말했고 그러다 보니 나는 어느새 기분이 풀리는 것을 느꼈다. 사실 서로가 아프다고 상처를 말하는 것은 인생에 있어서 별다른 도움이 되지는 않을 것이다. 그런데 사람의 감정이란 게 공유하면 어느 정도 카타르시스를 느끼게 된다. '아! 이렇게 쉽게 풀리다니!' 나도 진작 교수님께 상담을 신청할 걸 후회도 했다.

나는 비록 상담 교사로 일을 하고 있지만 사실 그동안 나의 이야기를 남들 앞에서 잘하지 못했다. 비겁하게 다른 사람이 상담을 받을 때 옆에서 소심한 공감을 할 뿐이었다. 오히려 나에게 상담을 받으러 와서 자신의 이야기를 솔직하게 해주는 나의 20세 학생들보다도 나는 용기가 없는 사람이었다. 그래서 학생들에게 늘 많이 배우고 있다. 그렇게 29세의 내담자들의 그룹 상담이 진행되어가는 과정에서 나는 문득 내 20대를 정리하고 나를 다독여 주는 글이 쓰고 싶어졌다.

가끔은 케케묵은 감정을 글로서 풀어내는 것도 우울한 기분을 탈피할 수 있는 아주 좋은 방법이기 때문이다. 내 모습이 세상의 기준에 비록 보잘 것 없어 보이더라도 '그래 나는 열심히 살아왔어!' 이렇게 스스로를 다시 격려하고 싶어졌다. 나의 내면과 이성을 소통시켜 지난날의 묵혀둔 아픔과 감정들을 치유하고 싶었다. 그러다 보니 글을 쓰다가 자연스럽게 여러 가지를 성찰하게 되었다.

이십 대 초반이나 내일 모레가 서른인 지금이나 인생이 별로 달라진 점이 없다고 느꼈을 때 나는 한없이 우울하다 못해 무기력해졌었는데 마치 서른 살이 인생의 끝인 것처럼 느껴졌기 때문이다. 마치 나의 100년 인생 중에 남은 70년 인생을 잘 살기 위해, 인생을 준비하는 시간으로 보너스로 주어졌던 지난 30년을 너무 헛되이 쓴 느낌이 들었다. 이십 대 초반에는 비록 가진 것은 없어도 실력이 없어도 시간이 있었기에 그래서 하면 될 것 같다는 생각에 용기라도 있었다. 그런데 지금은 서른, 마치 뭔가를 이뤄 놓아야 했을 나이인 것 같은데 이뤄 놓은 것이 없다. 그렇다고 좌절만 할 수 없기에 나는 나에게 보너스 5년을 더 주기로 했다. 때로는 자신의 삶에 관대해질 필요도 있다. 앞으로 35세까지는 나의 남은 인생을 위해서 준비하는 시기로 삼기로 하니 마음이 훨씬 편해졌다.

이것이 인생이 주는 무게감이라는 것인가? 확실히 이십 대 중반까지만 해도 세월이 가고 나이를 한 살 한 살 먹는 것이, 어른이 되는 느낌이 즐거웠었다. 딱 27세까지는 그랬다. 이제는 뭔가 다른 궤도에 올라와 서 있는 듯 한 느낌이 든다. 때문에 이대로 주저앉아 29세임을 힘들어할 겨를이 없다는 생각도 든다. 이런 식이라면 내가 39세가 되었을 때 느껴지는 인생의 무게감이 더 커질 테니까! 이제는 나이가 주는 인생의 무게를 느끼는 나이로 접어든 29세, 아홉 수들이여! 힘을 내서 멋진 30대를 맞이하자!

세상으로부터 강해지고 싶었던 나는 스스로가 내면이 강해져야 하지 숫자 나이 30이 나를 저절로 강하게 만들어 주는 것은 아니다! 이렇게 생각하고 나니 다시 예전의 활기를 되찾을 수 있었다. 얼마 남지 않는 나의 29세를 멋지게 마무리하고 새로운 30대 청춘을 맞이 하기 위해 이렇게 지난날들을 정리해 보게 된 것이다.

내가 그동안 '어떻게 살아왔느냐?'보다는 '앞으로 어떻게 살아갈까?' 가 더욱 중요한 문제다. 거우 29년 살았던 내 인생을 가지고 앞으로 남은 70년 인생을 함부로 판단하고 싶지도 않다. 원칙적으로 사람은 미래를 이야기하면서 살아야 한다는 신념이 29세의 아픔을 아무 것도 아닌 고민거리이었음으로 치부해 주었다.

나는 오직 '앞으로 어떻게 살아야 하는가?'와 '그러기 위해서는 어떠한 노력을 해야 하는가?'를 고민할 필요가 있을 뿐이다. 29세의 청춘들은 더 이상 아파할 이유가 없다.

# 아프다면 치유하라

부러진 손은 고칠 수 있지만,
상처받은 마음은 어찌할 도리가 없다.
페르시아 속담

**청춘**, 그래도 아프다면…….

내 정답은 아프면 치료를 해야 한다는 것이다.

그래도 여전히 아픈 29세 청춘이라면 아픈 감정을 구체화시켜 해결해 보려 시도하자. 30대에도 여전히 아프게 살고 싶은가? 절대로 그렇지 않다면 내가 아팠던 이유가 무엇인지 찾아내서 치유시키자!

아팠던 기억이나 감정을 없앨 수는 없지만 진정시키고 극복할 수는 있다. 나는 아주 오랫동안 아픈 마음을 묵혀두고 살아왔다. 괜스레 감정들을 들추어내서 내가 견딜 수 없을까봐 걱정되었던 것이다. 그랬던 것이 부작용이 되어 어느덧 세상에 독을 품게 되기도 했었다. 나는 나의 인생의 절반은 뭐든지 최고로 자란 부잣집 딸이었고, 나머지 절반은 생활고에 시달려 억척같이 살아야만 했다. 이렇게 상반되게 주어졌던 나의 상황들 속에서 나도 모르게 세상에 아픔을 느껴왔던 것이다. 그래서 더 이상 아파하지 않기 위해 내 마음을 들여다보기로 했다. 나의 아픈 마음을 치유하기 위해 내가 아팠던 이유를 하나하나 생각해 보았다.

"나는 왜 아플까?" 생각해 보니 원인은 '사람'이었다. 우리 집을 망하게 했던 사기꾼 아저씨들도, 집이 망하자 하나씩 떨어져나갔던 일가 친척들과 친구들도 미웠다. 이 감정들을 구체화시켜보니 일반적인 '미움'이나 '싫음'이 아니라 바로 '용서'가 안 되는 마음이 들기에 나는 그토록 괴로웠던 것이다.

'용서'란 참으로 관대한 단어이다. 나는 세상이, 사람이 용서가 안돼서 힘이 들었었다. 이렇게 나를 만든 세상을, 사람들을 탓하고 살아왔다. 아무리 열심히 일을 해도 빚 때문에 생활은 나아질 기미가 보이지 않았고 그 와중에도 찾아와 빚을 독촉하고 막무가내로 구는 빚쟁이들이 너무 밉고 용서할 수가 없어 잠을 이루지 못한 날이 많다. 하루는 너무 속상한 마음에 잠이 들지 못 했던 밤, 일어나서 '용서'에 대한 시를 한 편 지었다.


용서


죽기 전에 얼마나 생각이 나겠습니까?
내가 용서받지 못한 일들과

용서했어야 하는 사람을.

다 지나간 일이지요.
그러나 아픈 마음에는 지난 것은 없습니다.
지금도 여전히 아프니까요.

용서받지 못해 고통스럽고,
용서하지 못해 고통스럽습니다.
세상이 내 마음을 알기나 하나요?

아마도 모르겠지요.
아무도 모르겠지요.

이것이 나 자신만의 기억인가요?
무심한 세월이 답답합니다.
답답함에 저려오고,
저리다 아리고 쓰리기 까지 합니다.

쓰린 마음에 눈물은 흐르고,
눈물에 지친 메마른 목구멍은
헛구역질이나 고통스럽습니다.

용서받지 못해서 용서하지 못해서
나는 이렇게 아픈 밤을 보냅니다.


이렇듯 나를 괴롭고 힘들게 했던 '사람'들에 대한 용서가 힘들어 괴로운 날을 보내야 했다. 그런데 또 아이러니하게도 그 용서의 열쇠를 '사람'에게서 찾았다. 20세 이후 본격적으로 사회생활을 하면서 나는 사람들에게 크고 작은 실수를 많이 했다. 특히 20대 초반에는 독을 품은 채로 사람들을 대했기 때문에 실수를 더 많이 했다. 그때 내 가슴은 작은 가시 하나가 박혀도 대못이 박힌 것처럼 많이 아팠기 때문이다. 지금 생각해 보면 내가 실수했던 분들께 너무 죄송스럽고 용서를 구하고 싶다. 나는 그때 용서를 구하는 법도 몰랐고, 용서를 굳이 구하려고도 하지 않았고, 그냥 나의 실수를 내팽개쳐 버렸었다. 그런데도 불구하고 내가 실수를 범했던 그분들은 나를 너무나 쉽고 너그럽게 용서해 주시곤 했다.

그분들께 받은 용서 덕분일까? 예전에는 사람을 용서할 수가 없어 분했던 마음에 잠도 못 들곤 했었는데 요즘에는 내가 잘못했던 일로 용서를 구하지 못한 일들이 죄송스러워 나를 잠 못 들게 한다.

# 내가 꿈꾸는 30대

　29세의 청춘, 이제 우리는 뭐가 될까? 보다는 "어떻게 살겠다!" 혹은 "어떤 사람처럼 살겠다!" 가 중요한 나이가 되었다. 설마 아직까지도 청소년 시기의 꿈을 꾸고 있다면 앞으로는 내가 '살아가는 방법'에 대해서 고민을 해야 한다. 게다가 자신의 청소년기의 꿈이 터무니없이 비현실적이거나 나의 진정성 있는 바람이 아닌 부모님의 꿈이라면, 이젠 더 이상 지체하지 말고 그 꿈에서 깨어나자!

　29세 나이에 아직도 '학벌이 부족하다.'고 '가난하고 배경도 없다.'고 세상만 탓하다가 30대에 더 뒤쳐질 셈이 아니라면 이 모든 것을 끌어안아라. 그것들을 끌어안고 다른 것을 더 잘하면 승산이 있다. 우리의 인생은 '삶에 짐이 많은 것'이 문제가 아니라 그 짐을 내려놓지 못하는, 상황을 헤쳐 나가지 못하는 '역량 부족'이 문제이다.

　물론 자신의 역량이 부족하다고 느끼지 못하거나 역량을 개발하지 않고 남들처럼만 적당히 하면서 살아가는 사람들도 있다. 이러한 사람들은 자신만의 핵심가치가 없기 때문이다. 가치가 없는 사람들은 '덩달아' 살게 되고 '친구 따라' 살게 된다. 그래서 친구가 잘 되면 배가 아픈 것이다.

자신만의 핵심가치를 가지고 자신의 주변 환경에 영향력을 주는 사람들은 남이 잘 된다고 해서 배가 아프지 않다. 자신만의 핵심가치가 삶을 단단하게 지탱해주고 세상의 유혹에 흔들리지 않게 도와주기 때문에 삶에 더욱 더 집중할 수 있다. 삶에 대한 집중력이 높은 사람은 쉽게 아프지 않는다.

그러면 핵심가치와 핵심 역량은 무엇이고 역량을 어떻게 키워 나가야 할까? 핵심가치는 바로 스스로를 지키는 힘이다. 우리의 존재가치와 미래가치를 함께 부여하여 가치관이 있는 삶으로 만들자. 확실한 가치관이 있는 사람만이 선택의 상황이 주어지면 자신만의 핵심가치로 결정하고 행동하게 된다. 바로 인생의 결정기준이 된다.

핵심가치로 결정한 다음에는 핵심 역량으로 세상을 향해 도전해야 한다. 상황을 개선하고 변화시키고자 한다면 역량을 키우는 방법밖에 없다. 그러면 역량을 키우기 위해 어떻게 해야 할까? 자신만의 가지고 있는 강점을 활용해야 한다. 핵심 역량은 반드시 자신의 강점으로부터 비롯되어야 한다. 강점으로 비롯된 핵심 역량은 자신만의 절대적인 경쟁력이 될 것이다.

나의 핵심가치는 열정적인 삶이고 나의 핵심 역량은 타인과의 소통 능력이다. 내가 원하는 30대의 삶의 방향성은 열정으로 앞으로 만나게 될 학생들에게 참된 가르침으로 선한 영향력을 줄 수 있는 선생이 되는 것이다.

'꽃이 되다'라는 말처럼 아름다운 말을 들어본 적이 없다. 나는 이시같이 아름다운 말처럼 학생들에게 '꽃'이 되고 싶다. '꽃'처럼 살고 싶다.

# 지금도 늦지 않다

서른, 왠지 인생의 전성기를 누리고 있을 것만 같은 나이다. 왜냐하면 드라마 속의 주인공들은 모두 서른 즈음에 사회에서 너무 잘 나가고 있기 때문이다. 정말 인생의 전성기는 서른일까? 인생의 전성기라는 것이 숫자 나이로 명확하게 언제라고 말할 수 있는 것인가?

서른는 뭔가 확실한 직장과 완전한 인생을 살아야 할 것만 같은 강박관념 때문에 서른의 삶은 고달프다. 특히 남자들은 남들 다 가는 군대에, 어학연수에, 유학까지 다녀오는 스펙을 쌓다 보니 어느새 20대 후반이 훌쩍 넘어버리기 일쑤다. 자신의 나이가 신입 공채 나이보다 많다고 느껴지는 순간 이 오면 20대 후반의 청년들은 무기력 해질 수밖에 없다.

'나는 그동안 무얼 위해 이토록 달려왔을까?' 하는 후회를 하기도 한다. 아무리 사회에 진출하는 시기가 늦어지고 있다고 스스로를 위로

해 보아도 빨리 취업해야 할 것만 같은 조급함에 시달리고 있는 나이가 바로 서른이다.

사회 진출에 대한 조급증과 불안함을 가지고 있다면 지금부터라도 부단한 노력으로 하루라도 빨리 자신의 전성기를 찾기 위해 노력해야 한다. 아직도 청소년기의 꿈을 꾸고 있다던지, 부모님의 꿈속에서 살고 있다던지, 전공에 연연했다면 여태껏 자신의 삶과 생각들을 송두리째 바꿔야 한다.

서른에는 자신의 하고 싶은 일보다는 사회에서 필요로 하는 일이 무엇인지 즉, 사회 속에서 어떠한 역할을 할 수 있을지에 대하여 나 자신과 함께 사회를 통찰하고 고민할 줄 아는 청년이 되어야 한다.

특히 전공에 대한 미련으로 전공에 맞는 일만을 고집하거나 찾고 있다면 전공의 의미를 다시 한 번 생각해보아야 한다. 전공이란 국문학을 전공했다고 꼭 국문학자가 되라는 뜻이 아닌 전공의 관점으로 사회를 통찰할 줄 아는 융통성 있는 인재가 되라는 뜻이다. 다시 말해서 전공이란 꼭 전문가가 되라는 뜻이 아닌 전공의 관점으로 세상을 바라보라는 뜻으로 해석할 줄 알아야 한다.

요즘 취준생들이 생각하는 최고의 직업은 공기업과 대기업이다. 최고의 직업이란 과연 어떤 직업을 말하는 것일까? 연애를 비유해보자면 이상형은 누구나 현빈이나 강동원 같은 멋진 대상을 꿈을 꾸게 되지만 결국 편안한 주변의 인물이 나에게 최고의 사랑이라는 걸 느끼게 된다.

직업 또한 남들이 말하는 이상향적인 직업들이 있지만 결국 최고의 직업은 자기 자신에게 맞는 직업이다. 내게 맞는 직업을 선택할 경우 여러 가지 장점을 찾을 수 있다.

첫째, 원하는 방식대로 일을 할 수 있게 된다.

둘째, 나의 장점을 잘 활용할 수 있다.

셋째, 내가 잘 못하는 일을 하도록 강요받는 일이 적어진다.

넷째, 좋은 성과를 내서 만족스러움을 느낄 수 있다.

그러면 나에게 맞는 직업이란 어떤 직업일까? 바로 자신의 성격과 성향에 맞는 직무를 하게 되는 경우이다. 평소에 잘 사용하는 손으로 흰 종이에 내 이름을 쓰면 잘 써지나 반대편의 손으로 글씨를 쓸 경우 불편하고 손에 잡히는 연필조차도 상당히 이물감으로 느껴지게 되는데 이처럼 자신의 성격과 맞지 않은 업무와 직무에 시달린다면 일의 속도가 느려지고 일을 하는데 있어서 불편함을 느끼게 된다.

반면에 자신의 성격과 맞는 조직과 업무에서 일을 하게 되면 조직과 잘 어울리게 되고 스트레스도 적게 받고 업무에 있어서 좋은 성과를 나타낼 수 있다. 요즘 중견기업 이상의 대졸 신입사원 중 14%가 100일 이내에 퇴사를 한다고 하는데 퇴사의 이유 중에 가장 큰 비율을 차지하는 것이 업무가 적성과 흥미에 불일치하기 때문이라고 한다.

특히 이십 대 후반의 취준생들은 무조건적으로 공기업과 대기업에 목을 매달리기보다는 먼저 자기 자신의 성격과 성향을 파악한 후 자신이 어떤 직무와 업무에 어울리는지 고려해야 한다.

# 우울증을 이기고 싶다면
# 나의 강점을 찾아라

**우울에** 시달리는 이유는 자신의 능력이 생각에 미치지 못한다고 여기기 때문이다. 수능을 잘 봐서 명성 있는 대학에 입학하고 싶었고 스펙을 쌓아서 대기업에 취업하고 싶었으나 현실은 바로 지금 여기라고 자각하는 순간 우울해진다. 우울증에 빠지면 우리는 한없이 자신의 약점에 더욱 집중을 하게 된다.

"나는 엑셀도 PPT도 영어도 잘하지 못해".

이런 생각들은 자신을 쓸모없는 잉여처럼 느끼도록 만든다.

"이렇게 못하는 게 많은 세상인데 앞으로 어떻게 뭘하고 살아야 하지?"

그렇다고 해서 내가 열심히 살아오지 않던 것도 아닌데……

마치 앞으로의 세상은 나의 능력으로는 도저히 따라갈 수가 없다고 여겨지고 자신이 한없이 부족한 존재임을 다시 한 번 확인하는 나이다. 세상이 다 끝난 것처럼 말이다.

다시 한 번 강조하겠지만 우리 겨우 30년 살아본 결과를 가지고 너무 자책하지 말자. 가끔 어떤 20대들은 30대가 되면 죽어버리겠다고 끔찍한 생각을 하기도 하는데 사람이 죽을 생각을 가지고 살면 이 세상에서 못 해낼 일이 없다.

앞으로는 내가 못해낼 일이 없다고 생각하고 부족한 능력은 개발하고 약점은 고치면 되는데 여태껏 고쳐지지 않던 약점들이 하루아침에 고쳐질 리는 없기에 나는 과감히 약점은 잠시 가만히 놔두고 강점에만 더욱 집중하라고 한다.

사람들은 자신의 약점과 부족한 부분은 잘 알아차리고 고치려고 하지만 막상 자신의 강점을 잘 모르기에 약점으로부터 오는 우울함에 시달린다. 약점도 있지만 강점도 있기에 너무 억울해하거나 우울해질 필요는 없는데 말이다.

**약점으로부터 오는 우울증을 강점으로 기분 좋게 승화시키자!** 그렇다면 자신의 강점을 어떻게 찾을까? 인간에게 자신의 모습을 한 발짝 뒤에서 객관적으로 볼 수 있는 능력이 있으면 좋겠지만 매우 어려운 일이기에 주변의 지인들을 활용하자.

나는 카톡과 SNS 페이스 북에 '나의 강점 3가지를 알려주세요'라고 지인들에게 질문을 남겼다. 지인들은 가족, 친구, 친한 사람, 덜 친한 사람. 사회적인 관계 등등 세분화해서 질문을 던져보면 평소 자신의 모습이 어떻게 비치는지 알 수 있다.

그중 가장 재미있는 답을 해준 친구는 이 세상에서 나와 가장 친하고 나를 제일 많이 알고 있는 바로 나의 남동생이다.

'① 드세다. ② 무섭다. ③용맹하다. ④창피함을 모른다. ⑤사내대장부 같다. ⑥ 잘 먹는다. 이중 3개를 고르세요.' 라고 답장이 왔는데 너무 재미있었다. 이런 강점 같지 않은 나의 약점이 나의 강점이 될 수도 있겠다는 발상의 전환이 되는 순간이었다. 또한 다른 지인들도 ① 씩씩하다. ② 친화력이 있다. ③ 정의롭다라고 보내 주었는데 역시 **강점과 약점은 한 끗 차이**라는 생각도 들었다.

나의 강점을 알아보는 질문을 스스로에게 던져 보아도 쉽게 알 수도 없고 본인 스스로도 잘 인정하지 않게 되므로 주변인들에게 자신의 강점 질문을 던져보면 나의 강점을 비교적 객관적으로 알 수 있게 된다. 이렇게 지인들에게 강점 질문을 해가면서 까지 나의 강점을 알아야 하는 이유는 나 자신을 바로 알기 위해서다. 자신의 강점을 아는 사람은 인생에 있어 어디에 집중을 해야 성과를 내는지 어떻게 하면 발전시킬 수 있을지를 알 수 있다.

더불어 평소에 나의 삶과 이미지를 되돌아볼 수 있는 기회도 제공된다. 지금 당장 지인에게 나의 강점 질문을 던져보아라! 의외로 나를 배려하는 세심한 문자들이 나의 강점을 찾아내어 주고, 칭찬도 해주어서 그 날만큼은 우울함에서 벗어나 무한한 행복감을 느낄 수 있다.

# 후배가 생기는 나이

**이제** 어느덧 누나, 언니, 선배라는 호칭을 듣는 나이가 되었다. 대학원에 들어와 공부를 하고 상담교사로 일하다 보니 '선생'이라는 호칭도 자주 듣는다. 아직까지는 선생이라는 호칭이 민망하기도 하고 잘 어울리지 않는 것 같기도 하다. 마음은 아직도 학생과 후배 호칭을 들을 때가 편하다. 인생에서 선배가 되고 사회에서 선배라 불리기까지는 마음의 준비가 필요한 듯하다.

하지만 이러한 마음의 준비는 전혀 개의치 않고 스물아홉이라는 나이는 어느덧 선배라 불리게 된다. 고참 선배도 아닌 그렇다고 막내뻘의 후배도 아닌 샌드위치 나이로 진입하는 서른이 되면 이제 선배의 호칭도 익숙해져야 하고 다가오는 후배들에게 선배 노릇할 준비도 갖추어야 한다.

나는 후배를 잘 챙기지 못하는 선배였다. 내가 남들보다 조금 일찍 사회생활을 시작했기에 오랫동안 막내였다. 또한 내 뒤에는 계속해서 나이 많은 후배들이 입사했었기에 선배로서의 중압감과 책임감을 별로 느끼지 못했고 나에게 다가오는 나이 많은 후배들을 소홀하게 대접했었다.

선배가 되어서 '선배'소리를 들었어도 나는 아직도 업무처리에 갈 길이 멀었기에 나의 선배들에게 배우기만으로도 바빴다. 결국 후배들에게는 선배다운 역할을 제대로 해주지 못했고 자연스럽게 나와 가까운 관계의 후배는 없었다. 그런데 나의 동기들은 이외로 후배들과의 관계를 잘 유지하고 있었다. 그런 모습을 보면서 내 옆에 친한 후배 한 명이 없다는 사실이 나를 외롭게 만들었었다. 내 동기들은 노련하게 선배들에겐 배우고 후배들은 잘 챙겨가며 업무를 처리했던 것이다. 친한 후배의 부재로 외로움을 느껴봤던 나는 後生可畏의 정신을 마음 속 깊이 새겼다.

샌드위치 나이로 들어가는 이 시기에 우리는 선배와 후배 사이에서 노련한 사회생활을 해야 한다. 선배에게 잘하는 것은 이미 익숙하겠지만 아직은 후배들에게 어떻게 대해야 할 지 몰라서 난감할 수도 있다. 후배에게 어떻게 대해야 할 지 궁금하고 고민된다면 자신이 신입사원이었을 때 어떤 선배에게 고마움과 친절함을 느꼈었는지 회상해보면 금세 어떤 태도를 취해야 하는지 알 수 있다. 우리의 선배들도 자신의 업무에 치이면서 기꺼이 시간을 우리에게 할애하면서 일을 가르쳐 주었다. 이젠 우리도 하던 일 도중에도 도움을 청하는 후배가 생기면 기꺼이 나서서 도와줄 수 있는 마음자세를 갖추어야 한다.

샌드위치 나이에 들어서면서 여전히 선배들에게만 잘하고 후배를 챙기지 않는다면 곧 사회생활에서 외로워질 수 있음을 명심해야 한다. 그만큼 29세의 나이는 더 이상 자신의 입장뿐만이 아니라 위, 아래의 입장도 모두 고려할 줄 알아야 하는 무거운 나이로 접어들게 되었다.

# 제 4장

서른,
이제 어른이다

# 감정 공부

**나는** 진정 어른이 되면 공부를 그만하게 될 줄 알았다. 실제로 어릴 때부터 내가 공부를 했던 이유는 어차피 해야 하는 공부이기에 공부를 그만하기 위해서 공부를 했었다. 공부를 끝내기 위한 이유로 공부를 했다는 것이다. 공부가 끝날 줄로 착각했었기 때문이다. 그런데 사회는 자주 변했고 우리에게 다양한 스킬과 업무적 소양을 원한다. 계속해서 무언가를 배워야 하기에 공부를 계속해야 하는 건 이제는 인정하겠으나 나이가 서른이 다 되어가도록 자신의 마음 하나 제대로 다스리지 못하는 '감정 공부'가 전혀 되어 있지 않다는 게 못내 아쉬울 뿐이다. 서른이 내일 모래인 지금, 여기, 이 시점에서 나는 아직도 마음과 감정이 이성으로부터의 제어를 제대로 받지 못하는 경우가 종종 있다.

나의 가장 큰 고민은 내가 하는 일과 업무가 무진장 이성적인일 임에도 불구하고 나의 감정이 제어와 절제가 잘 안 된다는 것이다. 내가 감정적이어서 몇 가지의 참을 수 없는 느낌이 들 때 자주 실수를 범하기 때문에 앞으로의 실수를 미연에 방지하기 위해서 내가 특히 어떠한 감정에 약했는지를 구체화해 보았다.

① 어떤 일을 착수했을 때 스스로 기한을 정하고 기한 내에 일을 끝내지 못하면 상당히 불안해진다. 즉, 세상 일이 내 뜻대로 혹은 약속된 대로 이루어지지 않았을 경우에 화가 나고 억울해서 결국 분노하게 되는데 이때 드는 감정은 나의 정신을 혼미하게 만들 정도다.

② 정해진 목표를 제때 이루지 못했거나 갑자기 어려운 상황을 받아들이게 된다거나 상황을 미리 예측할 수 없게 되었을 때 안절부절못하고 심한 괴로움을 느낀다. 이러한 감정이 들 때에도 이성이 혼미하다.

③ 내가 옳다고 여기는 것을 혹은 하고자 하는 일을 행동하려고 할 때 시기가 적절하지 않다거나 아직 멀었음을 인지하면서도 조바심을 내고 결국에는 조바심에 주변 사람들까지 괴롭힌다.

④ 내가 하기로 했던 맡은 일 임에도 불구하고 예기치 못한 손해와 희생이 따르게 된다면 나는 사나워지다 못해 포악해진다.

⑤ 주변 사람들의 말과 행동을 액면 그대로 받아들여 감정을 느낀다. 즉, 나에게 친절하면 좋아하는 느낌이 들고 불친절하면 불편하다.

⑥ 뭔가 억울하다는 느낌이 들면 물질적으로 탐욕을 부려도 괜찮다고 여긴다. 나는 주로 식탐을 부리는데 이때 드는 감정은 "내가 이런 것도 못 먹어?" "오늘은 이 정도는 먹어줘야겠어!"이다. 이런 마음으로 식욕이 없거나 전혀 배가 고프지 않는 상태에서 그저 마음의 불안함을 해소하기 위해 먹는다.

⑦ 상대방이 나를 존중하지 않는다는 느낌이 들면 바로 화가 난다. 나는 이 세상 모든 사람들이 나에게 인간 대접을 해줘야 한다고 생각했을까? 인간은 모두 평등하다는 생각으로 인간관계를 대했기에 상처받는 일이 많았었다. 인간은 신 앞에서 모두 평등하다 그러나 사회에서는 평등관계, 수직관계, 상하관계 등 인간관계라는 것이 존재한다.

우울, 슬픔, 화남, 분노의 단순함을 넘어선 복합적인 이러한 감정들이 들었을 때 나의 이성은 제대로 작동하지 않았고 행동으로 큰 실수들을 범했다. 그래서 이러한 감정의 예시들을 미리 파악하고 이성으로 인지와 공부를 해야 인생에 있어서 오점을 남기는 두려운 실수를 피할 수 있다.

여태껏 살면서 아무도 나에게 이러한 상황이 오면 네 마음은 찢어질 듯이 아플 거라고 알려준 사람이 없었다는 사실이 그저 야속할 뿐이다.

결국 이런 한 감정이 들 때 마음이 힘들 때는 이렇게 해보도록 하라고 알려주는 사람은 자기 자신뿐인 것이다.

# 실수 데이터베이스

**이상하게도** 사람은 같은 실수를 반복한다. 다시는 절대로 그러지 말자고 아무리 다짐해 보아도 실수를 여러 번 반복하게 되고 때로는 치명적인 실수가 인생에 있어 오명이 되기도 하고 약점이 되기도 한다.

실수했던 일들이 반복이 되면서 습관이 되므로 반복되는 실수를 구체화시켜서 앞으로의 실수를 미연에 방지하고자 노력해야 한다. 앞 날이 창창한 청춘들에게 치명적인 실수가 인생의 약점으로 남게 된다면 앞으로의 노력과 수고가 모두 헛된 일이 될 수도 있음을 명심해야 한다. 나는 20대 초반에 세상살이에 불만이 많았기에 그 당시에 만났던 많은 사람들에게 뾰로통하게 굴거나 심술궂게 구는 등의 유치한 감정적인 실수를 많이 저질렀었다. 내가 하도 무례하게 행동했던 실수를 범했던 분과의 일화를 소개하겠다.

여행작가로 유명한 모 작가님과 국내 투어를 진행할 기회가 있었다. 나는 그 당시에 회사와 급여 문제로 화가 났던 상태였고 내가 가이드가 아닌 보조로서 작가님과 함께 투어를 진행하도록 되었던 행사에 몹시 불만이 있었다. 하지만 모든 직장인들이 그러하듯 시키면 해야 하기에 맡은 일을 하면서도 불만을 이곳저곳에 토로했고, 심술을 부려서 함께 일하는 사람들을 적지 않게 신경 쓰이게 했다.

그때 만났던 작가님은 유쾌하셨고 아버지처럼 따뜻한 분이셨다. 그런데 그런 모습들이 나에게 더욱 질투심을 유발하게 만들었다. 그래서 나에게 친절히 대해주시고 식사 때마다 살뜰히 챙겨주는 데도 불구하고 작가님을 시기하고 질투했었다. 최고 명문대를 나오시고 여행하시면서 글도 쓰시고 너무 부러운 삶을 살고 계셨기에 빚에 허덕이며 힘들게 살아가는 나 자신과 비교하게 되어 작가님께 못되게 굴었던 아주 창피했던 일이 생각난다.

사실 이제 와서 고백하지만 내가 작가님이 싫어서 그랬던 것이 아니라 부러워서 그랬다. 투어 마지막 날에는 대명리조트의 멋진 야경 속에서 같이 일했던 분들과 함께 맥주를 마시며 '이외수' 작가님의 작품도 이야기하는 등 꿈같은 시간도 보냈다 작가님께서 나에게 보여주셨던 따뜻한 감성이 나로 하여금 저절로 잘못된 태도를 반성하도록 하게 했다.

투어가 끝나고 헤어진 이후로 작가님이 자주 생각이 나고 하도 죄송했던 마음에 마침 좋은 중국술이 생겼기에 작가님이 생각나서 보내

드리려고 이메일에 사과와 함께 주소를 보내달라고 남겼었는데 그 이후로 연락은 없었다. 그리고 쭉 잊고 살았었는데 잊을 만하면 텔레비전에 나오셔서 지난날의 나의 부끄러움을 상기시킨다.

실수 데이터베이스 만들기는 내가 특히 어떤 상황에서 감정이 약해지고 집중력이 흐려져서 어떤 한 실수를 하는지를 이성적으로 알고 있는 것을 말한다. 나는 약했기에 악하게 굴었던 감정적인 실수들을 구체화시키고 내가 언제 악해졌었는지 그래서 사람들에게 어떤 실수를 했고 어떤 상처를 주었는지 그러한 상황들을 정리해보니 나의 실수들이 객관적으로 보였다. 그 이후에는 같은 실수를 반복적으로 하지 않게 되었다.

# 서로의 꿈을
# 지켜줄 수 있는 사회

내 꿈도 소중하지만 세상을 둘러볼 줄 아는 사람다운 사람이 되자.
내 꿈이 소중한 만큼 다른 사람의 꿈도 소중하다.
서로가 꿈을 지켜줄 수 있는 세상을 만들어가야 한다.
그래야 내 꿈도 지켜질 테니까······.

**요즘** 청년들은 너도나도 할 것 없이 자신을 성장시키기에 바쁘다. 자신의 발전과 성공 이외에는 관심을 둘 겨를이 없어서 그런지 세상 밖에 일에는 무관심하고 세상 돌아가는 일에 마음을 쓰는데 인색하다. 청년들이 다른 사람의 일에 관심을 두지 못하는 이유는 그만큼 자신의 삶에 여유가 없는 까닭도 한몫을 하겠지만 내가 아닌 타인의 삶에는 관심 자체가 없는 청년들이 대부분이다.

강남역에서 친구들과 만난 적이 있다. 그때 노점상 철거 사건 때문에 노점상을 하는 분들이 연합으로 시위를 하고 있었다. 쓰러져 있는 노점 포차와 너저분하게 길거리에 내동댕이쳐진 차갑게 식은 음식을 밟고 그들의 농성을 들으며 강남의 한복판을 걷다 보니 가뜩이나 정신이 없던 강남이 그날따라 더욱 정신이 없게 느껴졌었다. 시위를 한 참이나 구경하던 참에 나는 친구에게 이 시위를 어떻게 생각하느냐고 물었다. 그러자 친구는 "떡볶이를 아주 좋아하기는 하는데, 안 팔아도 그만이지 뭐."라고 말했다. 역시 남의 일이다.

우리 사회는 요즘 타인의 삶에 너무 무관심하다 못해 방관자를 자처하고 있다. 괜히 잘못 끼어들었다가는 발을 섣불리 빼내기도 어려운 난처한 상황에 처할 수도 있기에 이를 미연에 방지하기 위해서다. 밀양의 송전탑 시위와 같은 오래되고 긴 시위들부터 최근에 생겨난 짧고 굵은 시위들까지 보면서 우리는 참으로 타인의 삶과 그들의 터전에 대해서 무관심 하다는 생각이 들곤 한다.

어쩌면 시위는 삶의 투쟁일지도 모른다. 삶의 터전들을 보상받기 위해 싸워야만 하는 사람들에게 조금은 따뜻한 시선으로 이해해 줄 수 있는 청년들이 되기를 바라는 마음에서 몇 자 적어본다.

꿈을 키워 나가면 행복해질 수 있을 거라는 믿음으로 살아간다. 그런데 하루아침에 그 꿈이 짓밟힌다면 우리의 삶에는 희망이 없다. 언제 어느 순간 나의 꿈도 타인이나 외부세력에 의해 억압되고 사라질 가능성은 있다. 그때 내 이야기를 아무도 들어주지 않는다면 너무도 억울할 것이다.

억울한 상황에 처한 것만으로도 억울한데 아무도 내 말에 귀를 기울여주지 않는 세상은 더욱 더 억울한 자를 외롭게 할 것이다. 나의 꿈 나의 삶 그리고 나의 안정만큼이나 타인의 꿈과 삶 또한 존중받아야 하고 서로가 서로의 꿈을 지켜 줄 수 있는 사회가 되어야 비로소 그 안에서 개인은 꿈을 마음껏 펼칠 수 있는 기회를 가질 수 있다.

# 복은 밖에서 주워
# 집안으로 들어오는 것

**멋진** 커리어 우먼을 꿈꾸며 사회에 당당하게 첫 발을 내디뎠지만 첫번째 직장의 폐업으로 쓰디쓴 인생의 첫 실패를 맛보아야 했다. 첫 직장에서의 실패 이후로 이직하기 전까지 백조의 생활을 유유히 보냈던 시기가 있었다.

백조의 시절을 회상해 보면 정말 아무것도 하기 싫은 무기력에 시달려야 했고 외출 조차도 힘겹게 느껴졌었다. 그러다 보니 집안에서 먹고 자고 외모를 신경 쓰지 않게 되었고 결국 살이 많이 불어나서 점점 외톨이가 되었다.

집안에 트러 박혀 겨우 먹고 자는 생활을 유지했을 뿐이어서 살이 급격하게 20킬로그램이나 불었고 70킬로그램 때의 육중한 몸무게는 나를 여자로서 더욱더 자신감이 없게 만들었다. 자신감이 떨어지면 덩달아 자존감도 떨어지게 된다. 나의 이러한 외모와 부족한 능력으로는 이 세상에서 할 일이 없을 것만 같은 느낌이 들어 나는 더욱 음식에 집착하고 배가 부르면 잠을 자곤 했었다.

그러던 어느 날 우리 할머니가 더 이상은 안 되겠다 싶으셨는지 나를 불러 앉혀 놓고 조곤조곤 이런 이야기를 해주셨다.

"젊은 사람들의 복은 밖에 널려 있기에 부자가 되려면 밖에 나가서 복을 주어다가 집에 들여놔야 해."

이 말은 젊은 사람들이 집안에만 있으면 아무 일도 일어나지 않고 발전이 없다는 뜻이다. 그러면서 빗대어 요즘 젊은 청년들이 너무 쉽게 돈을 벌려고 하는 경향이 있고 어려운 일을 하지 않는다고 하셨다. 하물며 밖에 나가서 폐지를 줍거나 못을 주어도 입에 풀칠은 하고 살 수 있는데 젊은이들은 일을 하기 싫어한다고 덧붙이셨다.

이 이야기를 듣는 순간 '그래, 나도 할 수 있는 일이 뭔가가 있을 거야!' 하는 막연한 생각이 들어 그날부터는 취업 포털 사이트에 들어가 내가 할 수 있는 일을 찾아보기 시작했다. 그런데 전문대 졸업자이고 사무직 경력이 없었던 나는 선뜻 일반 회사에는 취업할 용기가 나지 않았다. 면세점 판매직에 지원을 하기로 마음을 먹고 서류를 접수했다. 그러나 서류는 비교적 쉽게 통과했지만 살이 찐 외모로 하여금 면접에서 두 번이나 낙방을 경험해야 했다. 세 번째 도전에서 비로소 성공하여 인천공항의 한 면세점에서 판매직으로 일할 기회가 있었다.

어찌 보면 세상사는 참으로 마음먹기에 달렸다. 육중한 외모로 할 수 없을 것만 같이 느껴졌었던 사회생활이었지만 모순적이게도 나는 외모가 중요한 서비스직에 재취업을 하게 된 셈이다. 물론 상식적으로 첫인상에서 오는 체형의 이미지가 있겠지만 역시 밝고 상냥한 태도에서 주는 호감이 사회생활에서 특히 서비스직에서 필요하다는 교훈을 얻게 되었다. 이때의 구직 활동의 경험으로 나는 하나의 좋은 습관을 가질 수 있게 되었는데 바로 자주 취업 포털 사이트에 접속을 해서 최근의 취업 동향을 파악하는 일이다.

취업 포털 사이트에 나오는 내가 가고 싶은 기업과 하고 싶은 직무들의 채용기준은 나로 하여금 스스로 발전할 수 있는 목표를 제공해 주었다. 젊은 청년들이여, 나의 복은 집 밖에 있다. 무슨 일이든지 찾아내서 밖에 있는 내 복을 집안으로 들여놓자!

# 우울증 퇴치하기

**사람**은 남과 어울리며 산다. 현대인의 만성 고질병 자존감 제로에 따라오는 우울한 병. 바로 우울증 해결 방법은 사람들과 어울리는 것이다. 우리 할머니는 종종 나에게 이렇게 말씀하시곤 했다.

"너는 아는 게 많아서 먹고 싶은 것도 많겠다."

아는 것이 많아서 하고 싶은 것도, 이루어내고 싶은 것도 많은 청년들. 그러나 현실이 이상을 따라주지 못할 때 혹은 다소 목표를 달성하기에 내 능력이 부족하다고 여겨질 때마다 찾아오는 스스로의 한심함 때문에 자존감은 쉽게 유체이탈을 하곤 한다. 우울함이 찾아오는 이유는 사람마다 다양하겠지만 우울한 이유는 지금 내가 처한 사항이 남들에 비해 성과가 없다고 느껴지고, 나는 이 세상에 쓸모없고 한심한 인간이라고 여겨지기 때문이 아닐까?

사람은 끝없이 내가 살아있어야 하는 이유 혹은 살아가야 하는 이유의 존재를 확인 받아야지만 인생이 살 만하게 느껴지는가 보다. 그런데 이러한 나의 존재 확인은 절대로 나 혼자서 재확인될 수 없다. 그래서 우울한 청년들의 경우 혼자서 해결을 하고자 머리를 싸매고 집 안에 틀어박혀 고민만 하지 말고 주변의 선배든 멘토든 찾아가서 자신의 우울한 심정을 토로해보면 좋겠다.

멘토를 찾아가 우울한 심정을 토로하고 괴로운 마음을 잠시나마 털어놓는다 해도 순식간에 나의 우울함에 대한 근본적인 해결책이 제시되는 것은 아니다. 다만 고민을 털어놓게 됨으로써 선배와 멘토들 또한 우리 나이때 비슷한 경험과 고민들이 있었고 그들의 극복했던 경험담 혹은 마음가짐들을 듣게 되면 사람은 역시 누구나 다 똑같다는 공감을 하게 된다.

살아가는 모습과 위치는 서로 가지각색이지만 사람은 누구나 똑같은 법이다. 비슷한 시기에 비슷한 경험을 하고 비슷한 고민을 하게 된다. 다른 사람들도 역시 겪었을 일들과 감정들이라는 생각을 하게 되면 어느새 나의 대단했던 고민들은 더 이상 나만의 특별한 괴로운 일이 아닌 세상 사람들의 일반적인 일이 되는 것이다.

이십 대 초반까지만 해도 나 역시 나의 어려운 상황과 처지를 주변인들에게 심정을 토로하는 일이 매우 낯설고 어렵게만 느껴졌었다. 사람들이 저마다의 바쁜 일과 일상이 있는데 타인의 이야기에 귀를 기울여 줄 지 의아하기도 했다. 그렇지만 내 주변의 선배와 스승님들은 나의 이야기를 잘 들어주시고 늘 인생을 살아가는데 있어서 용기를 북돋아주곤 했다. 가끔은 너무 우울하고 괴로워서 내가 조울증이

나 우울증에 걸렸다고 자각하게 될 때, 증상이 더 심해져서 병원에 가서 상담을 받거나 약물의 도움을 받아봐야겠다는 생각이 들 때 먼저 주변 사람들에게 도움을 요청하고 밖에 나가 사람들과 어울리며 에너지를 되찾기를 바란다.

스스로 인생의 에너지와 동기를 되찾지 못할 때 주변의 따듯함으로부터 발견하게 되는 세상 살아가는 맛을 느낄 수 있게 될 것이다.

# 30년 공부해서
# 70년이나 먹고사는 인생은
# 남는 장사

이순신 장군은 첫 과시에서 낙방을 하고 32세의 늦은 나이에 겨우 무과에 급제했다. 우리나라뿐만 아니라 동서고금을 막론하고 위대한 위인들 중에는 서른 살이 넘어서 출세한 경우가 많다. 중국에서는 이를 가리켜 대기만성(大器晚成)이라는 성어가 있다. 이 성어가 유명해지게 된 계기는 우리가 잘 알고 있는 중국의 삼국시대 위(魏) 나라 사람인 최염(崔琰)이라는 이름 난 장군의 일화가 있다. 그에게는 최림(崔林)이라는 사촌동생이 있었는데, 그는 비루한 외모와 늦어지는 출세로 인해 친척들로부터 큰 멸시를 당했다고 한다. 하지만 최염만큼은 그의 재능을 알아 보고 이렇게 말해 주었다.

"큰 종이나 큰 그릇은 그렇게 쉽게 만들어지는 것이 아니다. 이와 마찬가지로 큰 인물 또한 성공하기까지는 오랜 시간이 걸리는 법이다. 내가 보기에는 너는 대기만성이다. 그러니 좌절하지 말고 열심히 노력하여라. 반드시 너는 큰 인물이 될 것이다."

과연 그의 말대로 최림은 후일 천자를 보좌하는 삼공(三公)이라는 높은 관직에 오르게 되었다고 한다. 그래서 대기만성이라는 성어를 오늘날에 이르기까지 나이 들어 성공한 사람을 가리키는 말로 자주 사용되고 있다.

지금보다 인간 수명이 훨씬 짧았던 옛날에 나이 서른의 출세는 많이 늦은 편이었다. 반면에 100세 시대인 21세기는 젊은이들이 사회에 진출하는 시기가 점점 늦춰지고 있는 추세다.

그럼에도 불구하고 20대 후반의 젊은 청년들은 자신들의 성공과 출세가 늦어지는 것에 상당한 불안함을 가지고 있다. 또한 취업을 하기 위해 언제까지 얼마나 더 많은 공부를 해야 하는지 이십 대 후반의 고민은 그저 괴로울 뿐이다. 아직 사회에 진출하지 못한 이십 대 후반의 청년들의 삶은 태어나서 지금까지 해온 일이 대부분 학습과 공부이다. 그래서 지겨울 만도 하다.

그러나 여태껏 살아온 인생만 보지 말고 앞으로 살아갈 70년의 인생을 염두에 두고 생각해 본다면 30년을 공부해서 앞으로 70년 벌어먹고 살 수 있는 인생은 남는 장사다. 그러니 이제 곧 사회 진출을 앞두고 있는 20대 후반의 청년들은 조금만 더 인내심을 가지고 최대한의 막판 스퍼트를 올려야 한다.

# 강연에 답이 있다

꿈이 있어도 걱정, 없어도 걱정이다. 요즘 청춘들은 고민이 많다. 사람은 뭐가 되긴 된다. 백수가 되던 가정주부가 되던 뭐가 되긴 된다. 어차피 뭐가 되긴 되는데 걱정인 이유는 이왕이면 나와 맞는 일을 하고 싶어서 그런 것이 아닐까? 이왕이면 내가 하고 싶은 일, 내가 좋아하는 일을 하면서 인정을 받는 삶을 살고 싶은데 지금 당장은 잘하는 것이 없고 되고 싶은 것이 없어서 걱정이다. 뭔가를 한창 준비하고 즐겨야 할 청춘의 시기에 걱정만 가득한 셈이다.

미래는 예측할 수는 없지만 차분히 준비할 수는 있다. 그래서 인생의 준비 기간으로 청춘이라는 시간이 선물로 주어진 것이다. 미래에 대한 걱정을 할 시간에 주변에 관심을 가지고 세상사에 관심을 가져라. 그러다 보면 세상 속의 다양한 사람들의 이야기에 저절로 관심이 가게 되고 세상과 사람들 속에서 내가 하고 싶은 역할이 차분하게 얼굴을 드러낼 것이다. 나도 무엇이 되고 싶은지 잘 몰랐을 때 되도록 사람과 세상에 관심을 돌렸고 답을 내 안에서가 아닌 주변으로 부터 발견하고자 했다.

그러다 보니 사람들의 다양한 인생사를 담은 다큐멘터리를 즐겨 보게 되었고 독서는 힘들고 어려운 역경을 딛고 재기한 사람들의 에세이를 주로 탐독하게 되었다. 다른 사람들의 이야기를 보고 듣게 된다면 처음에는 역시 남의 일이지만 어느 순간 나도 할 수 있겠다는 확신이 들게 되는 때가 온다. 그러다 보니 텔레비전과 독서가 아닌 실제로 어려움을 이겨낸 성공한 사람들을 직접 만나보고 싶어졌었다. 그래서 강연을 찾아다니며 듣게 되었다.

청춘의 무기력함과 고민을 덜기 위해서 나는 강연을 택했다. 물론 강연의 효과는 늘 그 순간뿐이었다. 강연이 끝나 집에 돌아오면 나는 다시 예전의 나로 되돌아와 있었고 강연장에서 만난 강사들은 나와는 다른 사람들이라는 생각으로 치부하곤 했다.

그래도 강연을 꾸준히 찾아다닌 이유는 강연을 보러 간 그날만큼은 나는 무기력한 청춘이 아닌 미래를 준비하는 청춘이었기 때문이다. 강연의 효과가 한두 번에 걸쳐서 동기 부여가 되는 약발이 잘 받는 그러한 청춘들도 물론 있겠지만 강연장의 감동은 오직 그 순간의 감동으로 끝나버렸다.

그러던 나에게도 어느새 서서히 변화가 오기 시작했다. 서당 개도

3년이면 풍월을 읊는 나더니 나 또한 무기력해지려 할 때마다 어느새 미래를 준비하는 일을 해보려고 시도하고 있었다. 그렇게 해서 나의 무기력했던 청춘의 시절은 인생의 선물로 서서히 바뀌기 시작했다.

인생의 성공에 서두르게 되고 조바심은 나는데. 어떻게 시작을 해야 할 지 막연한 청춘들에게 혼자서 고민하지 말고 강연장을 찾으라고 말하고 싶다. 훌륭한 강연을 통해 꿈과 진로를 찾는데 좋은 동기부여가 될 수 있고 강연장에 함께 찾아온 젊은 청춘들의 열기를 나누면서 스스로 미래에 대한 자신감과 확신이 생길 것이다.

보고 듣고 느끼다 보면 자신의 가치에 대해서 생각하게 되는 순간이 오게 되고 이러한 가치와 자신감과 확신이 결국은 진로를 결정하는 데 도움이 될 것이다.

# 생각하고 말하고
# 실행하기

**요즘** 학생들을 만나면서 느끼는 것은 학생들은 스스로 생각하는 일 조차도 어려워한다. 게다가 자신의 생각을 말하고 말한 것을 글로 써보라고 하면 굉장히 괴로워하거나 거부하거나 실행하지 않는다. 그리고 종종 그들은 말한다.

"저는 게으른 편이에요."

"실행을 잘 못해요."

"시작은 하는데 끝을 내지 못해요."

이렇게 생각하는 것조차 어렵거나 생각만 할 뿐 실행에 옮기지 못하거나 혹은 실행에 옮겼어도 한계에 부딪히면 이겨내지 못하고 쉽게 포기한다.

생각하고 말하고 실행하는 삼위일체가 어려운 대학생들이 많이 있어 이 또한 그들에게 있어서 커다란 고민거리다. 시도하지 못하고 성과가 없는 삶은 스스로를 무기력하고 나태하게 만들기 때문에 시도하지 못하는 것 자체가 청춘들에게 괴로움이다.

하지만 학생들만의 잘못이 아니다. 제도권의 학습을 받는 동안 몸과 마음뿐만이 아니라 생각하는 능력조차도 학교라는 틀 안에 갇혀 지냈기에, 스스로 사고하는 능력도 쓸데없는 것으로 치부되었다. 그래서 대학생이 된 지금 생각하는 일이 다소 어렵게 느껴지는 것이다.

학교에서는 무조건적으로 지식을 받아들이고 집에서는 스트레스 풀기 위해 게임이나 영화를 보면서 자라난 청소년들에게 스스로 생각하는 능력을 기대하기는 무리가 있다. 그나마 독서를 통한 성찰의 경험이 있는 청소년기를 지난 학생들은 생각하는 일이 그리 어려운 일처럼 느껴지지 않을 테지만 수동적인 두뇌활동을 해온 학생들에게는 스스로 자신의 생각을 사고하려는 일 자체가 굉장히 낯선 일이다. 생각하는 것이 어려운데 어찌 표현을 하고 실행을 할 수 있겠는가? 그래서 청년들은 종종 어떤 일을 아예 시작도 해보지 못하거나 시작은 했어도 끝내기가 어려운 것이다.

성공하기 위해서는 청년의 시기에 무언가를 계속 시도하고 시작해 보아야 한다. 그리고 소위 성공한 사람들이란 시작한 것을 끝낸 사람들이다. 그 끝이라는 결과에 성과가 있었기에 성공한 것이다. 그래서 우리는 성공을 하기 위한 그 첫 번째 단계인 시작을 하기 위해선 스스로가 생각하고 말하고 실행하는 것이 삼위일체가 되어야 한다. 그러면 무언가 시도는 할 수 있고 시작할 수 있다. 비록 도중에 한계에 부딪혀 실패를 경험한다고 하더라도 내가 언제 어느 순간의 한계에 부딪히면 좌절하고 무너졌는가를 학습할 기회가 주어지는 것이다.

이러한 실패의 학습을 통하여 우리는 스스로 좌절했었고 한계에 부딪혔던 상황을 기억하고 미리 예측할 수 있어 그것에 대비하여 그 순간을 조금씩 더 견디는 연습을 하는 것이다. **견디는 연습을 통해 한계를 천천히 극복해내는 것이 바로 성공이다.**

# 취업의 장

**요즘** 대학은 학문의 장이 아닌 취업의 장으로 변모하고 있다. 학생들의 취업률에 따라 학교의 평가가 매겨지고 있고 학교의 평가에 따라 정부의 지원이 달라진다. 심지어는 학생들의 정부 학자금 대출마저도 학교의 서열에 따라 차등 지급이 된다고 한다. 그래서 학교는 이래저래 학생들의 취업에 촉각을 곤두세우고 있다. 그래서 취업을 앞둔 4학년 학생들은 더욱 골치가 아프다.

4학년이 되자 갑자기 학교에서 갑작스러운 관심을 가지고 학생에게 개인적으로 전화가 온다고 한다. 각 학교의 진로나 취업을 담당하는 부서가 있는데 학생들에게 전화를 해서 학생들의 성향과는 무관한 일자리라도 생겨나기만 한다면 무조건 취업을 하라고 해서 학생들이 학교 전화를 받는 것이 꺼려진다고 했다. 4학년이 되니 교수님이나 학교에서는 아무데나 취업을 하라고 해서 짜증이 난다는 말을 적지 않게 들었다. 학교 측은 일단 학생들을 많이 취업시켜 취업률을 높이고 싶고 학부모와 학생들은 본인들의 눈높이에 맞춘 직장에 들어가기를 원하기에 학교와의 마찰이 불가피하다.

요즘 학생들은 자신의 눈높이에 맞지 않는 직장은 들어가고 싶어 하질 않고 유학이나 대학원 진학을 통해서라도 높은 네임밸류의 직장을 구하고자 하기 때문이다.

이러한 상황은 비단 취업을 앞둔 4학년 학생들만의 고민이 아니다. 1학년 학생들 또한 자신이 매진하고자 하는 학문을 선택하여 학교에 들어왔건만 취업하기 위해서 다른 여러 가지 스펙들도 쌓아야 하기에 전공과목을 소홀하게 되는 현상이 벌어진다. 요즘은 학점은 B+이상인 3.8을 유지하고 다른 스펙을 쌓아야 한다는 게 대부분 학생들의 통념이다. 그러니 학생들에게 깊은 있는 학문 수양을 기대하기가 어렵다. 이렇듯 학교의 정책에 따라 학생들의 생활 태도는 달라지기 마련이다.

특히 취업이 어렵다는 인문계열인 경우 1, 2학년 때는 조금은 느슨한 교과과정으로 전공기초 과목들을 이수하고 3학년 때 비로소 깊이 있게 학문을 접하고 매진할 기회가 주어지는데 4학년이 되면 갑작스러운 취업 준비와 졸업 준비로 인해 요즘 대학생들은 발등에 도끼가 찍히는 상황이다.

취업률이 중요한 학교 평가의 기준이 되었다면 학교는 교과과정의 개편을 통해서라도 학생들이 차분하게 학문을 알아가면서 동시에 취업을 준비할 수 있는 제도를 마련해 줘야 한다.

　학교는 변하지 않은 채 학생들만 변화된 사회에 적응하라고 등 떠미는 것은 아직은 날 준비가 안 되어 있는 새끼 새들을 어미 새가 둥지 밖으로 등 떠미는 격이다.

# 제 5장

## 원하는 것을
## 이루는 사소한 방법

# 나의 오늘은 어떠한가

**대학원에** 진학하기 전에 대학원생들의 삶이 너무 궁금했었다. 대학원생의 삶에 대해 미리 알게 되면 준비하고 대처하려고 했다. 그런데 아쉽게도 내 주변에는 대학원에 다니는 사람들이 없었기에 정면으로 부딪히는 방법 밖에는 없었다.

사실 학부 때와 별다른 점은 혼자서 공부를 더 많이 해야 한다는 점을 제외하고는 없다. 학위를 위해서 강의를 듣고 과제를 하고 틈틈이 논문을 준비하면 된다.

대학원에 입학하기 전에는 '대학원생은 반 직장인이다.'라는 말을 들었다. 학부 때처럼 교수님과의 사제관계를 유지하면 안 되고 직장 상사를 대하듯 깍듯이 대해야 한다고 들었다. 그래서 조금 겁을 먹기도 했었지만 동 대학원에 입학했기에 사제관계는 여전히 따뜻하고 편하다. 그런 점에는 남들보다는 스승 복을 많이 타고난 것 같다.

서른의 여자 솔로 대학원생으로 살기 위해서는 나이의 편견을 갖는 사람들에게 끊임없이 대응해야 하고 학위를 따기 위해서 연애와 결혼을 잠정적으로 보류해야 한다. 그래서 청춘사업을 과감하게 포기했다.

또 살아남기 위해서는 학업과 아르바이트를 병행해야 한다. 인문대는 공대처럼 연구소도 없고 연구비 지원도 따로 없다. 실제로 학기 중에 아르바이트를 하는 사람이 대부분이다. 석사학위를 따기 전까지는 강의를 맡을 수가 없기에 학비와 생활비를 충당하기 위해 시간 조절이 가능한 아르바이트를 포기할 수 없다.

지금 나의 대학원생의 삶 또한 학기 중엔 수업과 상담교사로 재직하고 방학 때는 자연적으로 잠정적인 백수가 되므로 여행사 일을 프리랜서로 하고 있다. 그러다 보니 학업에 소홀해져서 일도 학업도 둘 다 흐지부지 해지는 경향이 있다. 이에 따르는 논문을 제 시기에 통과시켜야 한다는 스트레스를 슬기롭게 견뎌야 한다.

가끔 학부의 후배들이 "대학원생은 얼마나 바쁘고 힘들어요?"라고 물어보면 "응, 우리는 매일이 시험 기간이야."라고 대답한다. 그러면 어느 정도인지 실감한다.

일이 없는 날에는 컴퓨터를 켜고 공부를 시작한다. 그리고 점심을 먹고 다시 공부를 한다. 시간이 되면 저녁을 먹고 공부를 계속한다. 공부, 밥, 잠 이 세 가지를 단순하게 반복되는 일상이 반복된다. 어떤 날은 식당에 밥을 먹으러 가서 주인아 주머니께 건네는 첫마디인 "안

녕하세요?"가 그날 사람과 나눈 첫 대화일 때도 있다.

이렇게 노력한다고 해서 하루아침에 논문을 쓸 수 있는 능력이 생기는 것은 아니기에 스트레스를 견뎌내는 일이 제일 중요하다. 노력한다고 해서 결과가 반드시 좋게 나오는 것만은 아니기 때문이다.

가끔 어떤 사람들은 나에게 묻는다.

"왜 이렇게 힘들게 스트레스를 받으면서까지 아등바등 사느냐? 왜 공부를 하느냐? 그냥 시집이나 가서 살지."

이유는 단순하다. 그냥 좋아서 한다. 그냥 결혼해서 사는 것보다는 공부하는 게 재미있을 것 같다. 즉, 나의 감성을 움직이고 설레게 하는 일을 지금 하고 있기에 나는 행복하다고 말한다.

어떤 일을 하든지 간에 스트레스는 따라오기 마련이다. 삶과 일을 뗄 수 없고, 일과 스트레스는 뗄 수 없기에, 삶과 스트레스 또한 뗄 수 없다. 그러기에 내가 좋아하는 공부를 업으로 택했을 뿐이다. 공부가 재미있고 이러한 삶을 지향한다면 대학원으로 오라!

# 여자 인문 대학원생으로
# 산다는 것

**요즘** 인문대 대학원생들은 비전이 없다. 그저 연구와 학업을 사명으로 받아들일 뿐이다. 사명에 충실한 삶을 살다 보면 언젠가는 '한줄기의 빛처럼 비전이 보이겠지!'라는 마음으로 학업에 전념할 뿐이다. 비전이 없다고 해서 사명이 없는 삶을 사는 것은 아닌데, "요즘 대학교수 되기가 얼마나 힘든데 뭐하러 대학원에 갔어?" 라는 말을 자주 듣게 된다.

나는 29세의 늦은 나이에 단국대학교 대학원에 진학하여 중국 어학을 전공하고 있다. 대학원에 막 입학했을 무렵, 한 교수님은 나에게 지금 시작하기에는 나이가 많다고 했다. 29세면 보통 석사 학위를 받고 시간강사로 경력을 한참 쌓고 있어야 할 때이기 때문이다.

하지만 나에겐 교수가 되겠다는 꿈이 있고 신념이 있기에 그 말을 별 대수롭지 않게 넘기고 씩씩하게 학교에 다녔다.

서른의 여자 대학원생은 나이의 편견으로부터 자유로워져야 한다. 특히 나처럼 솔로 여자라면 나이로부터 오는 세상 사람들의 편견에서 자신을 지켜낼 수 있는 강한 내면의 힘인 인내심이 필요하다. 그 이유는 하루에도 수십 번씩 "학위 받고 시집가려면 언제 가겠느냐?"는 말을 듣기 때문이다.

내 주변의 사람들이 사람은 저마다 인생의 가치관과 속도가 다르다는 것을 인지하고 내 삶을 세상의 잣대가 아닌 내 스타일로 봐주었으면 한다.

나이의 편견에서 벗어나면 또 부자일 것이라는 편견에 부딪혀야 한다. 왜 사람들은 너무 당연하게 서른의 여자 대학원생은 부자일 거라는 생각을 할까? 사람마다 각자의 인생 스토리가 다른데도 불구하고 회사에 다니지 않고 대학원에 다니면 부모 덕에 공부하는 팔자 좋은 여자로 비치는 현실이 가끔은 불편하다. 요즘 모임에 나가서 대학원생이라고 소개를 하면 "대학원생인 네가 이 세상을 무얼 알겠냐?"는 표정과 시선이 느껴진다. 취업이 정말 힘들어 대학원을 도피처로 삼고 진학하는 청년들이 있기 때문이다.

취업할 능력도 없고, 세상과 부딪힐 용기도 없이 그저 집안 형편 덕에 고학력만을 쌓기 위해 대학원에 오는 사람들도 있으므로 이러한 편견에 부딪히는 것이다.

실제로 취업 준비를 하다가 포기한 채 대학원 생활이 궁금하다며 찾아오는 후배들이 있다. 그 후배들에게 대학원에 왜 들어오고 싶은지 앞으로 무엇을 전공하고 싶은지 물어보면 대개 모른다고 대답한다. 그래서 "대학원은 왜 들어오려고?" 하고 물으면 "그냥 대학원이나 가게." 이렇게 대답하는 사람도 있다.

여기서 우리는 대학원에 대한 세상 사람들의 불편한 오해와 진실을 또 한 가지 찾아낼 수 있는데 대학원은 '그냥' 들어와서 생활할 만큼 그리 호락호락한 상대가 아니다. 대학원에 들어오기 전에 '대학원은 회사 다니면서 그냥 다닌다더라?' 하는 말을 나도 들은 바 있다. 그런데 실제로 들어와서 생활해 보니 수업 듣고 과제를 하는 것만으로도 너무 힘이 들어 생활이 벅차다. 학위는 공짜로 받는 것이 아니다.

나는 전문대 관광과를 졸업하고 약 7년 동안을 여행사에서 직장생활을 했다. 오랜 사회생활 도중 나의 발전적인 삶을 위해서는 공부가 더 필요하다는 것을 절실히 느꼈기에 적지 않은 나이에도 학업의 끈을 놓지 않는 것이다. 그래서 나름 인생의 발전을 위해 하루하루를 열심히 살아왔다고 자부하며 살고 싶다. 취업을 하지 못해서 대학원에 들어가 편하게 공부하는 여자로 오인 받을 때의 기분은 그리 달갑지 않다.

요즘엔 나처럼 회사생활을 하다가 대학원에 들어오는 경우도 있고 회사를 다니면서 학업을 꾸준하게 병행하는 멋진 여자 대학원생들이 많다. 이 대학원생들은 뚜렷한 인생의 비전과 사명이 있어 그 누구보다도 치열하게 산다. 그렇기 때문에 일반 사람들이 서른의 여자 대학원생을 보는 안 좋은 시선, 그냥 팔자 좋게 공부하는 사람으로 치부하는 시선을 바꿔주길 바라는 마음이다.

인문대 여자 대학원생으로 산다는 것은 당당하고 노력하는 삶임을 말하고 싶다. 여자 대학원생뿐만이 아니라 요즘 대학원에서 공부하는 사람들은 세상 물정을 알고도 자신의 사명으로 학업에 매진하는 내면이 아주 강한 사람들이다. 모쪼록 불편한 오해로부터 벗어날 수 있기를 바란다.

# 인생의 나무

**나는** '인생'이라는 단어를 좋아한다. 왠지 이 단어 앞에서는 숙연해지는 감상에 젖을 수 있기 때문이다. 비슷한 단어인 '삶'은 왠지 뒤에 '고단한'이라는 단어가 올 것만 같은 느낌이 들기에 '인생'이란 두 글자를 더 좋아한다.

우리 할머니, 엄마, 나 이렇게 세 모녀의 모습은 참으로 많이 닮은 것 같으면서도 다른 인생을 산다. 엄마를 사이에 두고 할머니와 나는 지금 동시대를 살아가고 있다는 게 내게는 참으로 신기한 일처럼 느껴진다. 할머니는 20년대 엄마는 60년대 나는 80년대 사람이기 때문이다. 우리는 지금 같은 시간을 살고 있지만 살아온 시대가 다르다. 나는 그 점이 때로는 신기하기도하고 할머니의 인생 이야기는 마치 머나먼 옛날 이야기로 들리기도 한다.

나는 우리 세 모녀가 나란히 앉아 있을 때 나무 그림을 상상하곤 한다. 가장 큰 나무와 나란히 옆에 서 있는 작은 두 나무들이다. 그 작은 두 나무 중 하나는 조금은 더 키가 큰 나무다. 하얀 백지에 큰 나무 작은 나무 어린 나무 세 그루가 있다. 가장 큰 나무는 너무 오래고 지친 세월을 겪어왔지만 옆에 서서 자라는 두 나무들에게는 그늘을 만들어 주고 큰 버팀목이 되어주었다. 그 큰 나무는 몸소 뜨거운 태양을 혼자서 다 받아내고 거친 비바람도 견뎌주며 어린 두 나무가 뜨거운 태양과 비바람에 덜 아프도록 해주었다.

늘 그 자리에서 꿋꿋이 자신의 풍채로 견뎌내며 어린 두 나무들에게 뜨거운 태양도 거친 비바람도 자연의 섭리라고 알려주었다. 나무는 늘 그 자리에서 태양을 바라볼 뿐이라고 늘 저 태양이 무섭게 내리쬐는 것만은 아니라고 알려주었다. 사실은 고마운 따뜻한 태양 덕분에 우리는 살아갈 수 있지만 평소에 어린 나무들은 그것을 느끼지 못한다고 했다. 가끔 거세게 불어오는 비바람과 눈보라도 맞을 땐 아프고 춥지만 견디고 나면 자신만큼 우리가 성장해 있을 거라고 알려주었다.

어린 두 나무는 그렇게 큰 나무를 바라보며 몸을 키워 나갔다. 큰 나무는 때로는 많은 가지를 쳐서 온갖 아름다운 새들이 쉬어 가도록 해주었고, 아주 달고 맛있는 열매를 맺기도 했다. 그러나 또 때로는 그 많은 가지들 사이로 불어오는 비바람들을 맨몸으로 견뎌야 했고, 열매를 맺는 고통 또한 맛봐야 했다. 작은 나무와 어린 나무는 그런 큰 나무의 모습을 보면서 경이롭기도 하고 두렵기도 했다. 하지만 든든

했다. 그 나무들 사이에 한 소녀가 있다. 이 소녀는 세 그루의 나무들 사이에 수줍게 서 있다.

딸들은 흔히 엄마에게 "엄마처럼 살지 않을 거야."라고 말하곤 한다. 그러나 우리 딸들은 엄마의 또 다른 존재로서 어느새 그녀들을 많이 닮아가고 있다는 것을 인생을 살다보면 문득 느끼기 마련이다. 나는 할머니와 엄마의 인생 사이에서 무엇을 느끼는가? 또 '어떻게 살아야 하는가?'를 끊임없이 고민하는 존재다. 인생을 살아가는 데 있어서 우리의 부모는 좋은 본보기이자 가장 가까운 멘토가 될 수 있다. 아무리 능력이 없는 부모라고 할 지라도 우리는 그들의 인생에서 배울 점이 있기 마련이다.

할머니는 자주 '인생 백 년에 고락이 상반이라.'는 말씀을 하셨다. 인생살이에 괴로운 일과 좋은 일은 반반이라는 속담이다. 지난 10년 간 수많은 고비와 어려움을 겪을 때마다 할머니의 인생 가르침이 큰 도움이 되었다.

# 할머니의 가르침

나와 남동생은 비록 남들보다는 조금 힘든 사춘기와 청년기를 보냈지만 어딜 가도 인사성이 밝고 웃어른을 공경할 줄 안다는 평을 듣는다. 특히 우리는 외할머니 밑에서 자라서 그런지 지하철 같은 공공 장소에서 자리 양보도 잘하고 어른들이 주는 음식도 잘 받아먹는다. 요즘 아이들은 노인이 주는 음식은 잘 먹지 않는다고 어르신들은 우리에게 음식을 주시면서 이야기하시곤 한다. 그건 아마 우리 세대가 유괴범 때문에 교육을 철저히 받은 터라 남의 주는 음식은 잘 먹지 않는 까닭도 있을 것 같다.

한번은 회식자리에서 이러한 이야기를 중간급 직책의 분께 들은 적이 있다.

"미에 씨는 회사에서 욕하는 사람이 아무도 없어."

이것이 바로 내가 사회생활에서 지향하는 바다. 나는 남을 욕하는 것도 싫고 듣는 건 더 싫을 것 같다. 그래서 아예 뒷담화에는 끼어들지 않는 편이고 원래 남의 일에는 신경을 잘 쓰지 않는다. 그리고 내 코가 석자인데 남의 일에 신경을 쓰고 싶지 않아서 그런지는 몰라도 별일 아니면 사람들로 하여금 쉽게 동요되지 않는 편이다. 대쪽 같은 성품의 할머니 밑에서 남다른 교육을 받은 덕분인지 늘 회사나 학교에서도 사회생활을 성공적으로 할 수 있었다.

내가 중학교 다닐 때쯤 우리 집이 쫄딱 망하고 우리 할머니는 어려운 노년 시절을 보내야 했지만 오히려 우리들을 옆에서 다독여주시고 힘을 주셨다. 집에 단돈 이천 원도 없었을 때에는 오히려 할머니가 피난 나왔을 때가 더 가난했고 앞으로 잘 극복할 수 있다며 용기를 주셨다. '사람이 죽을 생각으로 살면 뭔들 못 해먹겠냐!'고 말하시며 우울했던 시절 가족들에게 정신적 지주가 되어 주셨다.

우리 할머니는 내가 어려서부터 성격이 하도 파르르해서 나의 교육에 더욱 신경을 쓰셨다고 했다. 이 파르르는 우리 할머니의 언어로 내가 성질이 더럽다는 뜻이다. 그러고 보니 우리 할머니가 특히 나에게 자주 했던 말들이 있는데 나는 그것을 우리 할머니 어록이라고 부른다. 우리 할머니 어록은 몇 가지 소개한다.


① 인사는 열 번이라도 해라


할머니는 항상 인사성을 최고로 여기셨고, 웃어른을 하루에 열 번을 보면 열 번을 전부 다 인사하라고 하셨다. 그런데 나는 실제로 그렇게 하다가 아까 인사했는데 또 하느냐는 말을 종종 듣고는 했다. 그래서 지금은 적당히 한다.

②게으른 부자는 없다

우리 할머니는 내가 아침에 일어나면 무조건 밥을 먹고 하루를 시작하게 했다. 늦잠이라고는 허락하지 않으셨다. 그러다 내가 게으른 모습을 보일 때 즈음에는 늘 이런 옛날 이야기를 해주셨다.

옛날에 두 형제가 살았어요. 형님은 잘생기고 팔자도 아주 좋게 태어났어요. 그런데 아우는 못생기고 복도 없게 태어났어요. 그런데 형님은 자기 운명만 믿고 게으르게 살다가 결국 가난해졌어요. 반면에 아우는 부지런하게 일을 했데요. 그래서 부자가 되었답니다.

우리 할머니는 또 자주 "몸뚱이를 아끼지 말라!"고 하셨고 혹여 내가 늦잠이라도 자려고 하면 "죽어서 실컷 잘 잠으로 인생을 낭비하지 말라."고 부지런하게 사는 것을 강조하셨다.

③윗사람에게 말대답하지 마라

내가 우리 할머니 말 중에 제일 듣기 힘들었던 것이 바로 이 세번째이다. 나는 어려서는 아주 따박따박 말대답하는 아주 버릇없는 아이였다. 어릴 적에는 왜 윗사람에게 내 할 말을 하는 것이 말대꾸가 되는 것인지 나는 도저히 이해할 수가 없었고 그저 억울했다. 그러나 사회생활을 하다 보니, 무조건 왜 '네'라고 대답해야 하는지 자연히 알게 되었다.

④ 생각하고 말하라

이 ④번은 ③번과 마찬가지로 늘 나에게 어려운 과제였다. 아무리 생각해보아도 생각과 말은 동시에 일어나는데 생각을 먼저 하고 말하라는 말 뜻 자체가 어려서는 이해가 잘 가지 않았다. 내가 성장해 오면서도 아마 가장 많이 고민했던 말이다. 그러기에 생각을 먼저 하고 말을 하도록 스스로 생각과 말에 시간차를 두는 연습을 꾸준히 해 보았던 것이 오늘날 나를 신중히 할 말만 하는 사람으로 만들었다.

⑤ 참을 인 '忍'자가 세 개면 살인을 면한다

내가 하도 성격이 파르르한다는 말은 내 성질에 내가 못 이긴다는 뜻이다. 나는 실제로 성격이 급하고 또 잘 욱해서 인내심이 없는 아이였다. 그럴 때마다 우리 할머니는 내 손바닥에 손가락으로 참을 인 '忍'자를 3번 써주셨다.

⑥ 밥은 복스럽게 먹어라

먹는 모습을 보고 복주머니 할머니가 복을 던져주고 간다고 했다. 실제로 아파서 입맛이 없을 때도 입맛이 없으면 밥맛으로 먹으라 하셨고 세 끼를 꼬박꼬박 챙겨 먹는 것이 우리 집 규칙이었다. 정말 심한 목감기에 걸려 밥을 제대로 삼키지 못했을 때에도 우리 할머니는 이렇게 말해서 나를 꼬여내어 밥을 먹이셨다.

"감기 귀신은 밥상을 제일로 무서워한단다."

"네가 밥을 먹으면 무서워서 밥상 밑으로 훅 도망을 갈 거야."

나는 그놈의 감기 귀신을 하루빨리 퇴치하기 위해 밥을 먹었었다. 어릴 적부터 이렇게 밥을 복스럽게 먹는 연습이 잘 되어서 그런지 실제로 사람들이 내가 밥을 먹는 모습을 보면 따라 먹고 싶다고들 한다.

⑦ 밥은 세끼 꼭꼭 챙겨 먹어라

요즘 학생들은 다이어트로 하루에 두 끼를 먹기도 하는데 내게는 절대로 있을 수 없는 일이다. 세 끼 밥을 꼬박꼬박 챙겨 주는 할머니가 계셨기 때문에 올바른 식습관을 가질 수 있게 되었다. 밥을 제때에 잘 챙겨 먹으면 쓸데없는 군것질을 하지 않게 되어 건강한 삶을 살 수 있고 덤으로 간식비도 줄인다.

⑧ 밥을 남기지 마라

할머니께서는 먹고사는 게 중요했던 농경사회에서 사셨던 분이라 그런지 특히 밥상머리 교육에 신경을 쓰셨다. 자칫 내가 밥을 한 숟가락이라도 남기려고 한다면 어김없이 농부 아저씨 이야기로 내 마음을 불편하게 하시곤 했다. 어릴 적에는 철이 없어 내가 왜 농부 아저씨의 수고로움까지도 생각해 가며 밥을 먹어야 하는지 잘 몰랐었다. 그러나 지금은 낮은 쌀 가격에도 불구하고, 수입쌀들의 경쟁이 치열함에도 불구하고 우리나라의 식량 산업을 지켜주는 모든 농부 아저씨들에게 감사를 드린다.

⑨ 청년 시절에는 노인처럼 행동하고, 노인 시절에는 청년처럼 행동하라

어릴 적 성격이 급해서 실수하는 일이 많았기에 노인들의 지혜와 노련함을 배워 실수를 하지 말라고 많이 들었던 말이다. 정말 노인들에게 우리는 배울 것이 많기에 노인공경을 해야 한다. 요즘은 핵가족화가 되다 못해 결국은 1인 가족이 많아 노인과 젊은 세대들의 교류가 적어서 안타까울 뿐이다.

할머니는 또 평소에 '노인에게 잘하면 복이 되어 되돌아온다.'고 자

주 말씀하셨다. 노인을 공경하고 대우하는 만큼 자신의 복이 되어 되돌아온다는 말이다. 요즘 젊은 청년들도 이러한 마음을 가지고 노인 분들에게 공손히 대하면 좋겠다.


⑩ 눈, 코, 입이 있는데 어디를 못 가?


내가 가이드가 되어 처음으로 가는 지역에 대해서 많이 걱정을 하면 우리 할머니는 종종 나에게 이렇게 말씀하셨다.

"눈, 코, 입이 있는데 어디를 못 가?"

모르면 지도 보고 찾아서 가고 더 모르겠으면 물어봐서 가라는 뜻이다. 정답이다. 나는 이 자신감으로 전 세계 방방곡곡을 휘휘 젓고 다녔다.


우리 할머니는 내가 어릴 적부터 나에게 이런 말들을 종종 하시곤 했다. 나는 어른이 되면 비행기도 많이 타고 외국에 많이 나갈 사주라고 했다. 그래서 중학교 때까지는 장래희망이 기자나 외교관이었다. 비록 그 꿈을 이루진 못하였지만 실제로 남들보다 비행기는 많이 타고 외국은 많이 나간다. 그리고 내가 어려서는 할머니 옆에서 잘 놀지만 어른이 되면 바빠서 집에 들어오는 일이 거의 없을 거라고 부모와 떨어져 지낸다고 했다.

그런데 정말로 늘 서울에서 직장 생활을 하다 보니 본가에 가는 것이 소홀했었다. 안타깝게도 나는 할머니의 마지막 가시는 모습을 보지 못했다. 우리 할머니가 복숭아를 참 좋아했었는데 7월이 되니 시장에 복숭아와 자두가 나온 것을 보게 되어 할머니 생각이 더 많이 난다. 역시 부모는 살아계실 때 맛있고 좋은 음식을 하나라도 더 사다드려야 한다.

할머니는 나에게는 정신적인 지주였다. 우리 할머니 별명을 내가 '천리안'이라고 지어 드렸었는데 할머니는 신기하게도 방안에 앉아서도 내가 사회에서 겪는 일들의 해결책을 척척 알려주셨기 때문이다. 방안에서도 천리를 훤히 내다보는 능력이 있다고 자주 '천리안 할머니'라고 불러드리기도 했다. 학교에 다닐 때나 회사에 다닐 때나 늘 귀가 후에는 할머니를 마주 보고 앉아서 하루 일과들을 쏟아내듯이 이야기하고 할머니에게 조언을 듣고는 했었는데 이제는 내 옆에 정신적인 지주가 안 계시니 너무 허전하고 슬퍼 한동안은 혼자서 방안에 있는 것 조차 너무 견디기 어려웠다.

할머니는 돌아가시고 나는 다시 생활에 복귀해야 했고 다시 되돌아가는 일상이라는 게 적응이 안되었다. 내 옆에 할머니는 없는데 세상은 돌고 시간은 흐른다. '삼 년 구병에 불효 난다'고 병으로 여러 해 누워 앓는 할머니를 간호하다 보니 돌아가시기 직전에 불효했었던 일들이 떠올라 오랫동안 마음이 저려왔다.

할머니를 잃은 마음이 채워지지가 않아 십 년 만에 그림과 글쓰기를 다시 시작했는데 이제는 어느덧 책 한 권 분량이 나왔다. 뭔가에 몰

두해서 허전함을 채우고 싶었다. 그러고 보니 이렇게 책을 쓰게 된 것
도 다 우리 할머니 덕분인 것 같다.

할머니! 앞으로도 할머니의 가르침을 마음에 새기고 건강한 삶을
살겠습니다. 세상에서 그 누구보다도 제일 사랑했습니다.

# 현실이 힘들다고
# 꿈에서 깨지 말 것

TC가 되어 전세계를 여행해보겠다는 꿈도 이루고 편입을 해서 공부를 더 많이 해보겠다는 꿈도 이루어낸 것을 보면 나는 원하는 것을 이루는 삶을 살아가고 있다. 내가 이루고 싶었던 것들을 모두 이뤄가며 인생의 목표에 한 걸음씩 다가가고 있다고 자신있게 말할 수 있지만 지금까지 수많은 실패와 좌절을 맛보아야 했다.

청소년기의 첫번째 꿈은 밝히기에는 부끄럽지만 가수가 되는 것이었다. 이 때문에 부모님도 속이 많이 상했다. 가수가 되겠다고 없는 형편에 오디션을 보러 다녔고 자작곡을 만들어 여러 기획사에 이메일을 보내기도 했었다.

한번은 이러한 추억도 있었다. 고 2때, 내가 보낸 이메일의 자작곡을 들어보시고 키다리 아저씨 같은 한 작곡가 선생님이 자신의 작업실로 나를 초대해 주셨다. 보통은 남학생들이 자작곡을 보내오고는

하는데 여학생이 곡을 보내온 지라 내가 어떤 아이인지 궁금했다고
했다. 그분은 내가 처음 보는 작곡하는 기계들을 만져 볼 수 있게 설명
도 해주시고 내가 원한다면 음대 쪽으로 진학을 할 수 있도록 도와주
시겠다고 말씀도 하셨다. 그렇지만 그 당시 엄마는 나에게 간곡히 말
씀하셨다.

"더 이상 가수라는 헛된 꿈을 쫓지 말고 제발 마음을 편안하게 해
줘."

더 이상 음악은 나의 길이 아니라고 단념했고, 그 작곡가 선생님의
호의를 거절해야 했다.

이제는 오래전의 일이라 그날의 기억이 희미하지만 그 음악 작업
실은 강남의 한 빌딩에 있었고 선생님의 성함을 여쭈어 보았었는데
그냥 '철이' 선생님이라고 알면 된다고 하셨다. 솔직히 지금은 '철이'
인지 '철수'인지 기억조차 제대로 하지 못하지만 어린 소녀에게 꿈을
심어주시려 했던 산타 같은 선생님의 마음이 내게는 큰 선물이었다.

이렇게 음악을 포기한 후로 작가나 기자가 될 수 있도록 문예창작
학과에 입학하고 싶었다. 그래도 글쓰기 대회에 나가면 곧잘 상을 받
았던지라 문예창작학과에 지원을 하고 시험도 보러 갔었다. 하지만
성적과 실기 능력이 부족했기에 떨어졌다. 이후에는 대학에 가고 싶
지 않다는 생각으로 살기도 했다. 그러다 우연한 기회에 들어갔던
전문대에서 다시 TC의 꿈을 찾았다.

이렇게 꿈이란 실패와 좌절을 통해 바뀌기도 하고 새로 생겨나기

도 하는 것인가 보다. 한번 꿈이 좌절되었다고 해서 내 현실이 도저히 꿈을 이룰 수 없는 구조라고 해서 절대로 꿈을 포기하지 말라고 말하고 싶다. 나 또한 뒤늦게 생긴 교수의 꿈을 이루기 위해 가난이라는 현실과 끊임없이 싸워야 했다.

공부하고 싶은데 돈이 너무 없었기에 일당을 주는 곳이라면 아르바이트를 닥치는 대로 했다. 지금 여기 이 시간의 내가 처한 상황이 억울하고 힘들다고 해서 절대로 미래까지 그럴 것이라는 생각은 하지 말기를 당부한다.

**미래는 우리의 힘으로 얼마든지 바꿀 수 있다.** 때로는 현실 속에서 감당해야 하는 것들이 고달프다면 미래를 생각하고 즐거워하는 감성을 키워보라. 지금 현실 속의 삶이 너무 힘들고 괴롭다면 이 방법이 많은 도움이 될 것이다.

가끔은 현실의 우울함을 극복하기 위해 나 자신을 미래로 보내는 '미래 감성'이 필요하다.

# 내 인생의 주인공은
# 누구인가

우리는 왜 타인의 삶과 나의 삶을 비교해서 늘 괴롭고, 위축되고, 심지어 자존감을 상실하게 되고 우울해지는 것일까? 그 이유는 우리가 배운 것이 '비교'이기 때문이다. 우리는 타인과 늘 비교를 당하며 성장해 왔고 또 그렇게 학습되었다.

우리는 어린 시절부터 늘 친구들과 비교했고, 비교 당했고, 잘한 것과 못한 것의 기준을 세우는 상벌 체제 아래에 있었고, 그렇게 성장되었다. 자신의 삶에 가치관이 확립되기 전부터 세상 속에서 비교 당하기에 익숙해져 왔다.

말 잘 듣고 기업에서 이용하기 쉬운 인재를 길러내는 교육방식 아래에서 창의적인 너의 삶, 너의 본능에 충실하라고 배운 적이 없다. 그러기에 우리는 우리도 모르는 사이 우리 삶의 주인을 내가 아닌 타인에게 내어주게 되었다. 그래서 때로는 내 삶이 아닌 타인의 삶에 울고 웃고 하며 더욱 집중하게 되는 것이다. 이렇게 우리는 내가 아닌 남,

타인의 삶에 더욱 집중을 해서 삶을 산다. 내가 아닌 주변의 잘 나가는 사람들 그리고 텔레비전에 나오는 몇몇 유명한 사람들의 삶에 집중을 하고 그들의 삶에 물들어 있기에 그들의 화려한 삶이 마치 잘 사는 것의 기준이 되고 또 그 모습들에 익숙해지기에 내 삶을 되돌아보면 현재의 나의 삶은 우울한 것이 된다.

언제까지 내 삶의 주인을 남에게 빼앗기듯 그들을 따라가며 살 것인가? 이제껏 남이 기준이 되어 살았다면 이제부터라도 자신의 삶의 기준을 '나'라고 외쳐라! 남들이 점심시간 후에 테이크 아웃 전문 커피숍에 가서 커피를 마신다고 내 취향도 아닌데 따라가서 마실 필요는 없다. 나는 달달한 믹스커피가 더 좋다. 남을 따라가며 살게 되면 익숙하지 않아 불편하고, 참고 따라가려니 힘든 삶을 살게 되는 것이다.

"예전에는 사는 것이 고생스러워도 살아가는 게 참 재미있었는데."

우리 청춘은 많이 힘들다. 사실은 청춘들뿐만 아니라 이 시대를 살아가는 모든 이들이 힘들어하고 있다. 심지어 일제 강점기와 한국전쟁을 겪은 우리 할머니도, 먹을 것이 귀했다던 6, 70년대를 살아온 우리 어머니도 요즘 세상이 더 살아가기에 힘이 든다고 한다.

그럼 요즘 사람들은 왜 이렇게 살아가는 것을 힘들어하고 아파하는 것일까? 경제적인 풍요 속에서도 점점 살아가기에 힘이 든 이유는 내 삶의 행복 기준을 내 안에서 찾기보다는 자꾸 타인을 따라 살려고 하는 경향이 크기 때문이 아닐까?

언제부터인가 나 또한 나의 본성에 집중을 하기보다는 남들이 나에게 충고했던 것과 지적 당한 것들에 집중하기 시작했고 나의 천성을 거슬러 남을 따라 살려고 하니 쉽게 위축되고 자존감마저 상실하곤 했었다.

그러다 보니 내 모습에 자신감이 점점 없어져서 실수를 많이 하게 되었다. 언제부터 왜 내가 이렇게 세상 속에서 주눅이 들어 살아야 하는지에 관하여 생각해보니 역시 나의 마음의 소리는 듣지 않은 채 세상의 소리에만 집중하며 살게 된 순간부터 위축되었던 것이다. 그래서 결국 나는 다시 나대로 나처럼 살기로 했다.

결국 자신의 마음속의 울림대로 내 감성이 숨 쉬는 삶이 진정한 행복한 삶이다. 더 이상 아프지 않고 행복해져야지만 우리의 다음 세대들에게 이 세상은 참으로 살기에 재미있다고 말해줄 수 있다.

나는 이렇게 말해주고 싶다.

"이 세상은 아프기도 해! 하지만 어쩔 수 없이 아픈 것들도 우리가 안고 가야 해! 그러면 이 세상은 살아가기에 참으로 재미있어! 스스로 재미있는 삶을 만들어 갈 능력을 가지고 있어!"

## 어디로 가야 할 지 모른다면
## 어디든 가라

**인생에** 있어서 때로는 어디로 가야 할 지 모를 때 가끔은 아무 데나 가는 것도 괜찮다. 어디든 가지 못하고 길에서 서성이거나 헤매는 것보단 훨씬 좋은 방법이다. 진로나 취업에 있어서도 마찬가지다. 자신이 특별히 하고 싶은 일이나 입사하고 싶은 회사가 없거나 자신의 성격이나 적성이 어느 직무에 어울리는지 가늠조차 못하고 갈팡질팡 고민을 하고 있다면, 일단은 이것저것 재지 말고 아무 회사나 들어가 경험해 보는 것도 방법이다. 아무것도 시도하지 않고 지레 겁에 질려 백수생활을 자처하는 일보다는 백번 옳다.

누군가 '아무 회사나 들어가 일단은 사회생활 경험을 해보라고 충고한다면 듣는 사람 입장에서 기분이 상할 수도 있겠다. 하지만 절실한 사람들은 그 '아무 직장'을 '어떤 직장이던지'로 받아들일 것이다. 마음가짐과 입장에 따라 '아무'이던지 '어떤'이던지 직장 앞에 붙는 수

식어의 느낌이 천차만별로 느껴질 수도 같을 수도 있는 것이다.

우리는 손해 보기를 싫어한다. 특히 경제적인 손해라면 더욱 그렇다. 그래서 점심 메뉴를 고를 때조차도 식당 선택에 있어서 신중을 기한다. 새로 생기거나 가본 적이 없는 식당은 정보가 없이 섣불리 들어가는 모험을 하지 않는다. 자칫 맛없는 점심 때문에 손해 봤다는 느낌이 들 수도 있기 때문이다. 이처럼 한 끼 식사 조차도 경제적인 손해를 보는 것이 두려운 사람이 한평생 커리어를 쌓는 일에 신중하기는 당연하다.

하지만 때로는 새로 생긴 식당이나 가 보지 않은 식당에 우연히 들리게 되었을 때 주변 지인들의 맛이 없었다는 정보에도 불구하고 나의 입맛에는 맞았던 경험도 있을 것이다. 결국 새로 생긴 식당이나 가보지 못했던 식당이나 가서 먹어 본 사람만이 음식의 맛을 제대로 평가할 수 있다.

'아무 직장'이나 들어가서 경험을 해보라는 충고가 기분이 나쁜 사람이라면 그 '아무 직장'이 정말 '아무 직장'인지 아니면 단지 자신이 '모르고 있었던 기업'인지를 먼저 냉정하게 파악해야 할 것이다.

우리가 살면서 이름을 듣고 익히 알고 있는 기업을 군이 종이에 적어보고자 한다면 스무 개 정도 적는 것도 벅찰 것이다. 우리가 비록 살면서 삶에 밀접하지 않았기에 이름을 들어보지 못했던 충실하고 가치 있는 중견 기업들이 많이 있다는 사실을 의외로 모르는 이들이 있다. 그러기에 마땅히 입사할 만한 기업이 없는 것 같기도 하고 대기업만 바라보기에 취업이 더욱 어렵게만 느껴진다.

그다음에는 '아무 직장'이나 들어가 취업을 하라는 충고도 '어떤 직장'이던지 들어가서 일해야겠다는 마음가짐으로 받아들여야 한다. 청춘들에게는 그냥 열정이 아닌 한 차원 더 높은 '어떤 직장'이던지 나를 받아주는 곳이라면 열심히 하겠다는 절실함이 필요하다.

이러한 마음가짐으로 취업 포털 사이트에 가입한 뒤 자신의 전공과 관심 분야의 키워드로 제공받는 모든 일자리를 탐색하고 이력서를 최대한 많이 넣는 것이 중요하다. 그래서 면접도 보러 다니고 나를 채용하고자 하는 회사가 생기면 가서 일해보는 것도 좋다. 온라인상에 나와 있는 정보들은 세상의 기준을 두고 제공이 된다.

반면에 내가 직접 겪어본 사회활동을 통해서 자신에게 맞는 업을 찾는 일도 중요하다. 실제로 학생들이 사회를 겪어 보면서 자신의 직업에 대한 가치관을 스스로 만들고 확립하는 것이 중요하지만 요즘은 넘쳐나는 기업 정보들로 인해서 지레 짐작으로 세상과 자신을 차단하는 청춘들이 많다.

요즘 청춘들을 3포 세대라고 부른다는 말을 들은 적이 있다. 취업, 결혼, 육아의 포기 상태를 뜻하는 말이다. 88만 원 세대에서부터 3포 세대까지 아프지만, 힘든 경제, 힘든 환경 안고 가자! 실제로 세상 밖으로 나가서 부딪혀 보고 싸워보라! 그다음에 포기해도 늦지 않다.

에필로그
# 성품이 우선이다


**세상살이가** 재미없는 이유는 바로 본질보다는 스펙이나 스킬을
중시하는 풍토 때문이다. 사람이 사람다워야 사는 게 재미있어진다.
기능인들만 있는 재미없고 삭막한 경쟁하는 사회는 앞으로 살기만 더
힘들어질 것이다. 그런데 왜 사회에서는 서로 경쟁을 잘하는 법만을
눈에 불을 밝히고 배우려 하고 또 가르칠까? 사람다운 사람은 왜 사람
이 사람다워야 하는지, 재미있게 사는 게 무엇인지 아는 사람이다.

사실 스펙이나 스킬보다는 이 세상의 모든 일은 사람이 하는 일이
기에 성품이 중요하다고 생각한다. 올바른 성품의 인재는 사람이 하
는 일이라면 언제 어디서든 스펙과 스킬을 익혀 잘해낼 수 있다.

기업을 운영하는 사장님들은 인재를 뽑을 때 스펙과 스킬보다는
성품과 인품에 가치를 두고 채용해 주길 바란다. 그래야 따뜻한 성품

을 가진 청춘들이 따뜻한 기업과 따뜻한 사회를 구성할 수 있다. 취업 준비생 여러분들도 스펙과 스킬을 쌓기보다는 자신이 어떠한 성품을 가진 인재인지 한번 생각해 보길 바란다. 그리고 자신의 성품과 어울리는 가치를 목표로 하는 기업에 도전해 보라. 가치관이 통하는 회사에서 일하는 사람의 인생은 행복하다. 우리가 더 이상 아픈 청춘이 아닌 따뜻한 청춘으로 거듭나기 위해서는 기업과 개인 즉, 사회 모두가 함께 노력해야 한다.

취업을 준비하는 학생들이 대기업에 많이 취업했다는 것보다는 대학시절에 꾸준한 진로탐색을 통하여 자신들이 하고 싶은 일을 찾아서 취업했다는 말을 듣고 싶다. 실제로 진로 상담을 할 때 꿈이 대기업 취업이거나 공무원인 학생들이 제일 많다. 막상 그 학생들에게 왜 대기업사원이나 공무원이 되고 싶은지 물어보면 '그냥 좋아 보여서' 혹은 '안정적이라서'라고 대답한다. 그리고 구체적으로 질문을 파고들어 어떤 대기업의 어떤 직무를 맡고 싶은지 물어보면 대개 모른다. 어떤 공무원이 되고 싶고 어떤 공부를 준비하고 있는지 물어보면 역시 모른다. 학생들은 이렇게 자신의 꿈을 모르고 있다. 자신의 꿈을 모른 채 스펙 쌓기에만 열을 올리고 있다.

지금 이 사회에서 낚시 방법은 어떤 고기를 잡아야 하는지 모르는 체, 왜 고기를 잡아야 하는지 모르는 체, 질 좋은 낚싯대와 미끼만 자꾸 더 좋은 것으로 바꾸라고 부추기는 것과 같다. 낚시를 해 본 사람들은 잘 알겠지만 고기의 종류에 따라 미끼와 낚시하는 방법이 달라지는데 말이다. 우리 청년들은 고기를 잡는 방법을 배우기 전에 고기를 왜 잡아야 하는지 어떤 고기를 잡으면 행복해지는지를 먼저 알아야 하고 배워야 한다.

사람이 살아가는 것의 본질과 자신의 행복해지는 방법에 대해서 끊임없이 고민하고 사색하는 청춘들에게 조금이나마 공감이 되고 힘이 되길 바란다. 나 또한 앞으로 더욱 많은 사람들과 소통하기 위해 노력하겠다.